「僕には話せないこと？
……僕はアイリスのことが知りたいんだ」
「えっと、その……」
「なにも言ってくれないならずっとこのままだよ？」

Contents

廃棄巫女の私が聖女に!?

でも騎士様に溺愛されているので、教会には戻れません!

上

廃棄巫女編・前半

恵まれない人生だとは思っていたが、死ななければそれでいいとずっと思ってきた。衣食に足りて雨風をしのげる寝床がある。際立った幸せなどなくても、穏やかな人生を送れるだけで十分だと信じていたのに。

「アレは廃棄巫女となる予定。親もいません。それが男爵様の妾になると知れば泣いて喜ぶかと」

そんな私のささやかな願いを踏みつけにするようなろくでもない言葉を耳にして、叫び出さなかった私を誰か褒めてほしいものです。

◇

私、アイリスは彼らが語るように孤児だ。赤子のときに孤児院に置き去りにされた。瞳は美しい緑だったが、髪の毛は真っ白でまるで老人のようだったのだ。生みの親はきっと怖くて捨てたのだろう。孤児院でも気味悪がられた。

あまりいい待遇とは言えない孤児院での日々。なんとか生き延びて十歳になったばかりのころ、私は孤児院の院長に王都の教会に連れて行かれた。

なんと、この国でなによりも尊いとされる聖女の候補に私が選ばれたのだという。なぜ私がと驚いたが、理由は単純だった。聖女の候補は女神様の神託により決められる。女神様は今年十歳になる緑の瞳の少女が次の聖女だというなんとも曖昧《あいまい》な神託を下されたのだという。結果「国中の十歳になる緑の瞳を持つ少女は教会にて確認の儀式を受けるように」という王命により王都の教会に向かうことになったのだ。

　私が暮らすこのフロロース王国には古くから『聖女』と呼ばれる存在がいる。

　この世界の豊穣《ほうじょう》を司る女神様の加護を受け、存在しているだけで国に繁栄と豊かさを与える『聖女』は、代々女神様の神託によって選ばれ教会で神事や祈祷を担《にな》ってきたそうだ。

　先代の聖女様は私が生まれる前に亡くなってしまったので私は詳しいことは知らないが、大人たちはずっと女神様という存在と聖女様を信仰していた。ろくに勉強したことがない私でも、絵本や口伝えで語られる伝説めいたお話で女神様と聖女様についてぼんやりとだが知っていた。

まさか自分がその候補に選ばれるなんて夢にも思わなかったけれど。

　教会に集められた私を含む少女たちは、聖なる力に反応する水晶に手をかざし、力を持っているかを確認されることになった。水晶が反応しなければ候補ではないと判断され、聖女候補から外される。

　聖なる力とは女神様に選ばれた者だけが持つ特別な力で、傷を癒したり、人や物に加護を与えることができる。聖なる力が顕現《けんげん》した者は神官や巫女となり教会で暮らすことができる。それはとても名誉なこと、らしい。

　王都の教会は、粗末な孤児院しか知らない私にはお城のように見えた。とても大きく豪華で、入ってすぐにある大広間の床は鏡のように磨《みが》き上げられていた。数百人はいると思われる候補者の少女たち。皆、とてもきれいな服を着てキラキラ輝いている。手持ちの中で一番きれいな服を着てきたつもりだったが、薄汚れたワンピースを身に纏《まと》っている私はひどく場違いな感じだ。

少女たちは一列に並んで、水晶に手をかざす順番を待っている。最初は貴族、次は商人などの裕福な家の娘、続いて平凡な庶民、と身分の高い順に並んでいる。私はその最後尾にひっそりと並んだ。

最初に水晶を輝かせ聖女候補に選ばれたのは、見るからに貴族のご令嬢という金髪の美少女。周囲から「さすがローザ様！」と讃えられていた。なんでもプロム伯爵家のご令嬢らしい。地位もお金もあって聖女候補だなんてすごいなぁと思いながら順番を待った。

選ばれなかった少女たちは次々に帰らされている。選ばれなかったショックから泣いている子までいて、聖女候補というのはそんなにすごいことなんだ、と私はぼんやりと彼女たちを見送った。

ずいぶんと長い時間がたち、いつの間にか列はあと数人になっている。私をここに連れてきた院長は私の存在を忘れたのか、既に帰ってしまったようで見当たらない。一人で帰れるかなぁと少しだけ困っていると、とうとう私の前の子が水晶を光らせることなく壇上を降りてくる。選ばれた少女たちは教会の人たちに囲まれてこれからの説明を受けていた。確認を担当しているらしい神官はもう完全に飽きている。

とりあえずせっかくここまで待ったのだからと、他の子たちの真似をして水晶に手をかざしてみた。すると、なぜかローザと呼ばれていたご令嬢のとき以上に水晶は眩《まばゆ》く光り輝く。その光に気が付いた神官たちが慌てふためいた様子で駆け寄ってきて、何度も何度も確認された。誤作動かと思われ、他の水晶でも確認されたが結果は同じ。

そうして私は数年後に行われる、聖女選定の儀式まで教会で暮らすことになってしまった。私以外の候補者はそれなりにいい家の出身の子ばかりで、なぜお前が？　という視線と扱いを受けることになってしまう。

教会での暮らしは単調で、早朝に起きて女神様に祈祷を捧げ食事をし役割をこなす。その他にも、清掃や加護の付与、癒しを求める人々への祈祷などなど。特に苦しいなどとは思わなかった。貧しい孤児であり白い髪の気味の悪い娘である私は、他の候補者たちが負うべき仕事を全て押し付けられてはいたが、実は孤児院にいたときより暇だった。

決められた祈祷の時間さえ終わってしまえば、あとは夜の準備まではやることがない。他の娘たちは実家から誰かが訪ねてきたり、令嬢同士でお茶をしたりと楽しそうだが、私が呼ばれることはない。まあ私は私で好きなように時間を過ごしてはいたのだけれど。

そんなあっという間の六年という時を経て、一週間後にはようやく待ちに待った聖女選定の儀式。

女神様が召喚され、候補の少女たちから聖女を選ぶのだという。教会をはじめとした周囲は、血統も尊く見た目も美しいローザが聖女になるものだという扱いをずっとしてきた。私のことはきっとなにかの間違いだという態度を崩してはいない。

多少腹が立つところもあるが、まあ六年もの間、それなりの生活ができたことには感謝しているので我慢しよう。

それに聖女に選ばれなくても、国からは聖女候補として勤めた褒美に報奨金が出ると説明されていたし、教会がこの先の仕事を斡旋《あっせん》してくれるとも言っていたので、平凡だが静かな暮らしができるはずだ。そう思っていたのに。

「あの娘は儀式の後は廃棄にするのですね」

「ああ、白い娘のことか。そうだ。孤児の娘に国からの報奨金など勿体《もったい》ない。戒律《かいりつ》を破ったとして廃棄巫女にしてしまえばいい」

などという神官長と神官の会話を偶然にも聞いてしまったのが数分前。彼らは私が神官長の部屋と扉ひとつ隔てた先にある図書室で掃除をしているなどとは思っていないのだろう。

「それに、あの娘はドル男爵様が気に入っている」

ざわりと体中に鳥肌が立つのがわかった。ドル男爵といえば教会に多額の寄付金を納める成り上がり貴族。

禿《は》げかけた頭とでっぷりとした脂《あぶら》ぎった顔がとても気持ち悪い男だと記憶している。もともと貴族ではなく爵位を金で買った商人だという噂を聞いたこともあった。

「私を呼んだかな」

「おお！　これはドル男爵様！」

噂をすれば影ではないが、そのドル男爵が神官長の部屋にやってきたらしい。どすどすと響く下品な足音を聞き間違えはしない。

「神官長殿、約束の確認に来ましたぞ」

「男爵殿はお気が早い」

顔は見えないが、にたりとあの気持ちの悪い笑みを浮かべているのが容易に想像できる。約束？　なんのことだろうと私は扉に耳を押し当てた。

「アレは廃棄巫女となる予定。それが男爵様の妾になると知れば泣いて喜ぶかと」

「妾にするのはまだ先だ。巫女というだけで利用価値は高い」

「男爵様もお人が悪い。アレはもとより孤児です。どんな扱いをしても騒ぐ者などいないでしょう」

「確かにな。ははっ、アイリスは多少無愛想だが見た目は悪くない。あの方もお喜びになるだろう」

男たちの話は半分も理解できないが、私によくない話なのはいやでもわかる。

気持ちの悪い笑い声に私は叫びそうになるのを必死で我慢しながら、そっと図書室から抜け出した。

「最悪だ」

神官長は私から報奨金を取り上げるだけでは飽き足らず、あの男爵に売り飛ばす気なのだ。今日まで教会で大人しく暮らしていたのは、この先の自分の未来を考えてだ。不幸になるとわかっているのにここにしがみつく理由はない。

生きていることが大事とはいえ、誰かの慰みものになるのは嫌だ。どうせ聖女に選ばれるのは私ではなくローザだろうし、私がいなくなっても困ることはないはず。

私は素早く部屋に戻ると身支度を整え、少ない持ち物をかばんに詰め込んだ。そして窓からそっと部屋を抜け出し、庭に出る。

教会の暮らしは暇だし息苦しいのでときどき外に抜け出していたのだが、まさかこんな形で役に立つとは思わなかった。夕食の時間まではまだ少しあるので、私の脱走がばれるのはまだ先だろう。

私は教会の敷地から出ると、慣れ親しんだ市街地へと駆け足で向かって行った。

「おや、アイリスじゃないか。どうしたんだい、今日は仕事の日じゃないだろう」

私を見て驚いた顔をしたのは、いつもお世話になっている食堂のヤムおばさんだ。

教会の暮らしが暇すぎた私は、実はときどき街に出ては仕事をしていたのだ。

教会の人たちは基本外に出ることはないから、まずばれることはなかった。白い髪を隠すためにかつらを被ってしまえば、特に目立つ容姿でもない私は簡単に人々に紛れることができた。

ここ二年ほどは、教会から少し離れた裏通りにある食堂で手伝いをさせてもらっている。短い時間しか働けない私におばさんはとてもよくしてくれた。おかげで私には少しだけど蓄《たくわ》えがあるのだ。報奨金がなくてもしばらくは食べていけるだろう。

髪は隠せても緑の瞳だけは隠しようがないので、常連さんに「おや、巫女様たちと同じ目だね」と声をかけられることがあったが「最初の鑑定で選ばれなかったの」と悲しげに返事をするのがお決まりだった。

周りは聖女候補に選ばれるのは栄誉なことだと思っているので、私に対して不憫《ふびん》そうな視線を向けてくれる。いや、むしろ候補になんて選ばれなくてもよかったのになあと口に出さない私は偉いと思う。

私はヤムおばさんにバイトを辞めさせてほしいことを伝えた。

「実は事情があって王都を出ることになったんです。お世話になってたのに、急ですみません」

「うちは構わないよ。もともと忙しいときの手伝いって約束だったんだから。真面目に働いてくれる子がいなくなるのは惜しいけどね」

ヤムおばさんはイヤな顔ひとつせず、カラカラと笑った。

「しかし王都を出てどこに行くんだい？」

「まだ決めてないんだけど、ちょっと遠くに行ってみたくなって」

まさか教会から逃げ出したとは言えなくて、適当に誤魔化《ごまか》す。

王都に留まっているのは怖いから、まずは隣街にでも行ってみようか。キアノスというそれなりに栄えている街だったはずだ。

「そうかい。若い娘のひとり旅は危険だからね。気を付けるんだよ」

ヤムおばさんは心配そうな様子だが特に反対はしない。

この国では十六歳になれば大人と同じに扱われる。ヤムおばさんの息子も、十六歳になった途端《とたん》に冒険者を目指して隣国へ旅に出たという。子供は旅に出て一人前だというこの風習に今は助けられた気分だ。

「うん。まずは隣のキアノスに行ってみようと思うの。確か乗り合い馬車があったよね」

「それならもう表に来ているんじゃないか。急いで乗れるかどうか確認してみな」

「ありがとう！」

おばさんに挨拶《あいさつ》ができてよかった。お礼を言って店を出る。教えられたとおり、店の前には大きな馬車が停まっていた。御者《ぎょしゃ》のおじさんに運賃を聞けば思ったよりも安い金額で安心する。次の仕事が決まるまで、なるべくお金は残しておきたい。

「もう出発するの？」

「あと少しだな。予約の客がいて、その人が来たら出る予定だ」

「そっか。私も乗せてくれる？」

「きちんと料金さえ払ってくれれば大丈夫さ」

運賃を手渡して馬車に乗る。私の他には若い夫婦や商人らしいおじさんが乗っている。小さく会釈《えしゃく》をして一番端の席に腰を下ろした。

「アイリス！　ああ、よかった間に合ったね」

ヤムおばさんが慌てた様子で駆け寄ってきた。そして私に小さな包みを渡してくれた。

「残りもので悪いけど、弁当だよ。お腹が空いたら食べな」

「わぁ！　ありがとう！」

包みの中身はパンとチーズ、そして焼いたベーコンを薄い生地で包んだパイだ。確かに残り物らしく冷えてはいるが、おいしそう。

「すごく嬉しい」

「あんたがいなくなるのは寂しいからね。またいつでも帰っておいで」

「うん」

おばさんの優しい言葉にちょっと泣きそうになってしまう。おばさんとの別れを惜しんでいると、フードを被った背の高い男の人が馬車に駆け寄ってきた。

「すまない、待たせたか」

「いやいや、大丈夫だよ旦那」

御者の態度から予約をしていた客というのはこの人なのだろうと察しがついた。小声でおじさんと会話をした後、馬車に乗り込んだその人は私の真向かいの席に腰掛ける。フードの奥からちらりとのぞいた顔は若い男性みたいで、金色の髪が見えた。

なんだか訳ありふうだが、それは私も同じこと。なるべくかかわるまいと、私はその人から目線をそらした。

「じゃあ元気でね」

「おばさんも」

動きだした馬車の上からおばさんに手を振る。ちょっと寂しいが、このままここに残っていても聖女にもなれず、あの男爵の慰みものになるだけ。私は気持ちを切り替え、新しい生活への期待を胸に旅立ったのだった。

馬車はガタゴトと不規則に揺れながら街道を進む。夕暮れまでには目的の街に着くはずだ。今更ながらに置手紙のひとつでも書いてくれればよかったかな？　と考えるが、どう振り返っても教会に別れを惜しみたい相手はいないことに気が付く。

他の聖女候補たちは白い髪と孤児というだけでごみを見るような目で私を見下し、ありとあらゆる雑用を押しつけていたし、聖女候補を管理する立場の神官たちは彼女たちが戒律で禁じられている贅沢品を抱え込んで遊び呆けているのを黙認していた。他の神官や巫女たちも私を遠巻きにしていたし、神官長に至っては寄付金目当てに私を男爵に売り飛ばそうとしていた。そして、なにがよかったのか知らないが、私を妾にしたいらしい男爵。

そういえば男爵は「あの方」とか言っていたが、誰のことだろう。他にも不穏なことを口にしていた気がするが、よく覚えていない。思い返す価値もないろくでもない思い出ばかりだ。

だからといって教会を恨んでいるわけでもない。少なくとも衣食住は保障されていたし、神官長たちに隠れてだが親切にしてくれた神官や巫女もいた。国から定期的に聖女候補の様子を見に来てくれる役人さんもいたし。あの人たちに訴えれば報奨金くらいはもらえたかもしれない。でも、男爵からは逃がしてもらえる気がしないな。相手は貴族だもんな。そんな取り留めのないことを考えていると、ふと、目の前に座ったフードの男性に視線が行ってしまう。

馬車に乗り込んだときからずっと体を丸めて俯《うつむ》いている。時折うめくような声が聞こえてくるので、馬車に酔ったか、具合が悪いのかもしれない。巫女としての癖でつい分析してどう癒すべきか考えている自分にはっとする。

(だめよ、今聖なる力を使ったら私が巫女だってばれちゃう。)

聖女候補以外でも巫女はいる。しかし巫女とは教会に住まうものだ。外をウロウロしているだけでも不審なのに、馬車に乗っているなんて不自然すぎる。

意識をそらすようにヤムおばさんからもらった包みを開く。チーズをパンに挟んでかじれば、ようやく自分が空腹だったことに気が付いた。ああ、おいしいな、と口をもぐもぐさせていると、視線を感じた。顔を上げれば、フードの男性がこちらを見ている。ぱちり、と青い瞳と目が合った。

ぐう──。

ちょっと間抜《まぬ》けな音が響く。

自分のお腹の音かと思ったが、どうやら違う。目の前の青い瞳が困ったように彷徨《さまよ》って、フードの中に隠された顔が赤くなっているのに気が付いた。少しだけ考えた後、私は包みの中に残しておいたベーコンのパイを取り出す。本当はすごく食べたいけど、涙をこらえてその人に差し出す。

「あの、よかったら食べます?」

びくりとフードの人が怯《おび》えるように震えた。

私の手にあるパイと私を交互に見つめている。フードの陰に隠れて顔ははっきりとは見えないが、品のいい雰囲気を感じた。お金持ちの商人さんとかだろうか。

「……いいのか?」

戸惑いの感情が混じったその言葉はとてもきれいな声だった。

「どうぞ。お腹が空くと余計に気分が悪くなりますよ」

「…………すまない」

本当に申し訳なさそうに私からパイを受け取ると、最初はおずおずといった様子で口を付けた。控えめな咀嚼《そしゃく》をした後すぐにその味の素晴らしさに気が付いたようで、そのまま勢いよく食べつくしてしまった。そうだろう、ヤムおばさんのパイは絶品なのだ。

もう味わうことができないパイは惜しかったが満足そうなその人の雰囲気に胸が満たされて、私は自分のパンとチーズを平らげた。

「君は、キアノスにどんな用事が？」

不意に話しかけられ左右を確認してしまう。どうやらパイの一件でフードの彼は私に興味を持ったらしい。食事を分け合った気安さから私も彼に少しだけ興味が湧いた。

「ええと。仕事を探しに？」

自分でもなにをしに行くかと言われるとよくわからないので語尾が疑問符になってしまった。どこに行くにしてももう少し路銀《ろぎん》を稼ぎたい。そしてさらに遠くの街か、いっそ違う国に行くのもいいかもしれない。王都にいて、もし男爵に見つかったら面倒だもの。我ながらずいぶん無計画に飛び出したな、とようやく気が付く。

「君のような若い子が一人で？」

「ええと、実は私ちょっとだけ魔法が使えるので、それを使って商売でもと思って」

唐突にそんな計画が口から出てしまったが、まるっきり嘘でもない。聖なる力を使った治癒は魔法に近い。

本職の治癒魔法師や薬師《くすし》とは違うが、傷を癒したりはできる。ただ、どうしても聖なる力を使う関係で治癒魔法を見たことがある人が見たらすぐに違いがわかるらしいけれど。

「どこかあてはあるのか」

「いいえ。でも最初は雑用でもなんでもするつもりなので、たぶん、大丈夫です」

フードの人は心配そうだ。それはそうだろう。どう見てもまだ十代の小娘が一人で仕事探しなど心配になるのも当然だ。

でも実は私にはある隠れた特技がある。それは巫女の聖なる力とはちょっとだけ違う、私だけの特別な力。教会で女神様への祈りを欠かさなかったおかげか、私は触れた相手のオーラを見ることができるようになったのだ。指先ひとつや肩が触れ合う程度でいい。そうすればオーラの色が見える。

オーラはいろいろなことを教えてくれる。善人か悪人か、私にどんな感情を向けているか。善人とわかる人を探して働き先を見つければ失敗することはない。ヤムおばさんのオーラは柔らかなオレンジ色で、太陽のような暖かさがあった。おばさんの人柄そのものだった。

それに調子の悪い部分がどこかというのもわかるようになった。悪い部分のオーラはひどく濁った色になる。私は治癒や祈祷では悪いオーラをそこから払うイメージで対応していた。巫女なら誰でもできることかと思ったが、なんとなくぼやかして話を聞いたときはどうやら違う様子だったので、これは私だけの力なのだろう。

知られてはいけないような気がして、この力について他言していない。しかしオーラが見える私の祈りは効果が高いらしく、私を指名する参拝の方がじわじわと増えていくのは感じていた。神官に呼ばれることがすごく多くて、他の巫女たちから疎《うと》まれていた自覚もある。聖女候補に対応をしてほしいという貴族の方も多かったしね。

他の候補たちは祈りの仕事をめんどくさがってほとんど祈りの間には来なかったから、私の仕事が増えるのは必然だった。

人を助けるのは嫌じゃなかったんだけどな、と教会での日々を思い出してちょっと遠い目をしていると、フードの人が不思議そうに首を傾げている。

「大丈夫か？」

「ええ、大丈夫です」

なんだかこの人はすごくいい人そうな気がする。そうすると、具合が悪い様子なのがだんだん気になってきた。ちょっとくらいなら、いいよね？

「あの、さっきから調子が悪そうで。私、治癒魔法が得意なんです。もしよければですけど、試してみませんか」

「な……」

びくり、とフードの人の肩が震えた。

魔法は珍しいものではないが安いものではない。こんな馬車の中で急に治癒魔法を使ってあげるなんて声掛けに警戒しないほうがどうかしている。あ、もしかして詐欺かと思われたのだろうか。

どうやって信頼してもらえばいいのか私が悩んでいると、フードの人は小さく頭を振った。

「いや、大丈夫だ。これは治癒魔法の類では治せないものなんだ」

「そうなんですか？」

「ああ。長く患《わずら》っていてね。王都には祈祷を行う腕のいい巫女がいると聞いてわざわざ来たのだが、あてが外れたばかりなんだ」

びくり、と今度は私の肩が震えた。

その巫女とはきっと私のことだろう。そういえば上級の来賓が祈祷を受けに来るという知らせがあった。私が呼ばれてはいたが、相手がとても尊い血統だと知った聖女候補、特にローザが張り切っていて私は追い出されてしまった。結果、暇そうに見えたらしく図書室の掃除を押しつけられた。そしてあの会話を聞いたのだ。結果オーライと言えばそれまでだが、本当に勝手な人たちばかりだ。

「でも、ちょっとだけ試してみません？　少しは楽になるかもしれませんよ」

私が目当てだったと知ると余計に責任を感じてしまう。フードの人は少し迷っている様子だったが、しばらく考えた後、苦しそうな呼吸をしてから小さく頷《うなず》いてくれた。きっとこんな正体不明の私にすら頼りたいくらいに具合が悪いのだろう。

「頼む」

「はい」

了承を得たので私はそっとフードの人の隣に座り直す。

祈りと治癒魔法は少しだけ性質が違う。治癒魔法は文字どおり魔法で、魔力を持つ人が使う特別な力だ。祈りは、聖なる力と呼ばれる女神様から与えられた力で奇跡を起こす。私の場合はオーラを見てそのオーラに合った方法で対応しているのだけれど、最初に祈りについて教えてくれた巫女によれば、聖なる力を相手の身体に流し込むことで様々な症状を和《やわ》らげるのが祈りだという。私のようにピンポイントで対応するのは珍しいのかもしれない。

だから見る人が見れば治癒魔法とは違うことがすぐにわかってしまうので、私は彼の横にそっと移動して声を潜《ひそ》めた。

「ええと、あなたは……」

「ジュ……ジュノと呼んでください」

「そう。ジュノね。手を出して目を閉じてくれますか？」

ジュノは私に言われるがままに手を差し出してしっかりと目を閉じてくれた。

私はそっとジュノの手を取る。大きな男の人の手だ。すっきりときれいな手だが、分厚い指の皮膚の感覚に、剣を振るう人だと察しがついた。訳ありの貴族様か騎士様か。

彼を包むオーラは清廉《せいれん》な優しい青。誠実な人だということが伝わってくる。しかしその青を

外側から侵食するように黒い影がべったりと張りついていた。内側にも赤いなにかがいる。

（これは、呪いだわ。）

病気の類ならば治癒魔法で治せるが、これは巫女の領分だろう。

呪いとは誰かが誰かを恨んだり妬《ねた》んだりすることで生まれる。意図せずとも強い気持ちは呪いとなってしまい、その相手に向かってしまう。

教会にはそういう原因不明の苦しみから救ってほしいという人もよく来ていた。呪いは些細な嫉妬から生まれるため、呪った相手も無自覚なことが多い。だから解呪も比較的簡単だ。

しかし、魔術師が呪いを増幅させて他人に送る悪質な類もある。その場合は呪いを何倍にも増幅させるので、ときには命の危険さえあった。これは両方そういうものだと感じた。ジュノが悪人ではないのはオーラでわかる。

なぜこんな、と思ったが貴族社会は複雑だ。あの男爵のように悪い噂を持つ人も多い。平民の私には想像もつかないことがたくさんあるんだろう。彼の身の上に同情しながら私は自分の仕事に取りかかる。

張りついている黒い影はまだ日は浅いが彼の青に混じろうとしている。まずはその黒い影を青から引き剝がす。呪いを全て無に帰す方法もあるが、時間はかけられないので引き剝がした黒い影を「主のもとへお戻り」と祈りを込めながら優しく撫でた。すると影は空中に浮き上がりどこかへと飛んでいく。彼に呪いを望んだ者のもとへ戻っていくのだろう。

内側に蠢《うごめ》く赤は血の呪い。彼自身というよりも彼の血縁から受け継いだ呪いだ。以前に一度だけ見たことがある。

父親に向けられた呪いが、その子供へと移り、罪のない命が消えかかったのを助けるために祈祷した記憶は鮮烈だ。今回はあのとき以上に手強いものではあったが、なんとか引き剥がすことに成功した。引き剥がした赤いそれに元いたところへ戻るようにと祈りを込めてみるが、どこにも行けずに迷っているようだった。きっと呪いをかけた相手はもうこの世にいないのだろう。

呪いとはいえ、行き場がないのは哀れな気がして、私はその赤いのをひときわ優しく撫でた。すると赤いそれはぶるりと嬉しそうに震えた後、どんどん小さくなって赤い石になってその場に落ちた。

まるで宝石のようなそれを私はジュノに気が付かれないように拾い上げ、懐《ふところ》にしまった。呪いが転じた品を見せるのは気が引ける。

「……どうです？　少しは楽になりましたか？」

私の手を握りしめていたジュノに声をかけた。ジュノは短く息を吐きだし、ゆっくりと目を開ける。青い目が私を真っ直ぐに見た。その瞳は彼のオーラ同様にとてもきれいで私は思わず息を呑《の》んだ。

「信じられない」

ジュノは震える声で呟《つぶや》いた後、私の手を離し両手を握ったり開いたりを繰り返す。そして馬車の中だというのに立ち上がると、屈伸をしはじめた。

危ない！　と私が声をかけるよりも先に馬車が揺れてジュノは一瞬だけよろめくが、すぐさま体勢を整える。

「すごい！　身体が軽い！　腕が動く！　なんてことだ！」

大声で叫ぶジュノに、他のお客さんや御者の人が驚いた顔をしている。視線が集まり、なんだなんだとざわめきはじめる。

「ジュノ、ジュノ、落ち着いて！」

あまり騒がれると変に目立ってしまう。慌てていると、ジュノは私に向き直り、両手をぎゅっと包むよう握りしめ顔を寄せてきた。その拍子にジュノの顔を覆っていたフードが外れる。

「うわっ！」

そこから出てきた顔は、どこの王子様かと見まごうばかりの美形。煌《きら》めく金の髪をした精悍《せいかん》な顔つきは大人びているのにどこか少年のようで、私の心臓は早鐘のように鳴り響く。

「ありがとう！　本当にありがとう！　君は命の恩人だ！」

「わかった、わかったから落ち着いて！」

急いでジュノにフードを被せるが後の祭り。他のお客さんは突然騒ぎ出しただけでなく、素顔を晒《さら》した美形の存在に気もそぞろ。若い奥さんはすっかり頬を染めてしまった。ああ、なんだか面倒なことになりそうな予感がする。

　馬車は予定より少し早くにキアノスに着いた。まだ夕刻までには時間がある。これ以上巻き込まれないようにと、逃げるように馬車から降りたが、ジュノはそんな私の動きを阻《はば》むように先回りしていた。

「お礼がしたい」

　到底お礼がしたい人の態度ではない。既にフードは外れていて、真正面から見るのが耐えられないほどの美形が私を真っ直ぐ見ている。馬車に同乗していたお客さんだけではなく、周囲の人たちも集まってきた。

　早く解放されたい私は「気にしないでください」とジュノから逃げようとするが、ジュノは私に顔を寄せると声を潜めてこう呟いた。

「きみのそれは治癒魔法なんかじゃないだろう？」

「……！」

　バレている。非常にまずい。確かに治癒魔法ではない。これ以上問い詰められたら巫女であることがわかってしまうだろう。そうすればなぜ教会にいるべき巫女が馬車に乗っているのかという話になる。まずい。非常にまずい。

「許してください……事情があるんです……！」

「責めているわけじゃない。どうしてもお礼がしたい。それだけだ」

「でも……」

この人が貴族ならばかかわりたくない。なぜなら貴族と教会は切っても切れない関係だもの。それに儀式前とはいえ、私は聖女候補の巫女だから国の管理下にある。逃げ出したことがわかれば面倒なことになりかねない。

「……あ！　あそこにピンクの魔獣がいる！」

「な！」

私が大声を出して後ろを指さすと、突拍子もない発言に驚いたのか反射のようにジュノが後ろを向いた。

周囲も魔獣という言葉に緊張した面持ちでそちらを見る。

その先にいるのはピンク色のリボンを巻いたお散歩中の可愛い子犬だけ。全員が呆気にとられている隙に私は反対の方向へ走り出す。

「待って！」

私の逃走に気が付いたジュノの声が聞こえたが、無視させてもらう。申し訳ないが私は平穏に生きたいだけなのだ。許してね。

◇

ようやくジュノをまいて街の中心にたどり着いた。キアノスの街は話に聞いていたとおりそれなりに大きな街だ。店は多く、人々の雰囲気は温かい。この街は騎士団が治安維持をしており、とても平和だと聞いていたが、本当のようだ。しばらくここでお金を稼ぐのも悪くないかな、と思いを巡らせつつも、とにかく今夜の宿を探そうときょろきょろしながら歩いていると、前方から歩いてきた人に思い切りぶつかってしまった。

「あいた」

カラン、とその拍子に先ほど懐にしまっておいた赤い石が地面に落ちる。拾い上げようとすると、ぶつかった相手が先にそれを拾い上げた。

「げ」

「なんだその顔は。やましいことでもあるのか」

運悪く、それは若い騎士の男性。国に仕え街の治安を維持してくれるありがたい人たちだが、今はとってもまずい。私が慌てるのは巫女とばれるとまずいからなのだが、騎士は別の意味で私の態度を怪しんだ様子で目を細めている。

「なにか後ろめたいことでもある様子だな。しかもこの宝石……まさか盗んだのか」

「ち、違います！」

「ではお前のものか？」

「う、うーん？」

正確に言えば私のものでもない。でもジュノのものかと言われるとそれも少し違う。それにただの宝石ではないのだ。呪いのなれの果て。すごく複雑だし、説明が難しい上に、めんどくさい。唸っている私の態度に騎士は眉を吊り上げる。

「はっきりしろ！　まあいい、不審な態度だ、一緒に屯所に来てもらおうか！」

「ひえ！」

それだけは勘弁願いたい。もし屯所に行って身元を調べられたらおしまいだ。逃げ出そうにも騎士は私の腕をがっしりと摑んでいる。はっきりとした緑のオーラは正義感の証《あかし》。うんうん、職務に忠実ないい人ですね。ああ、余計に拗《こじ》れてしまう。

「やめないか。彼女は私の知り合いだ」

私を引き寄せたのはジュノだ。フードを脱ぎ捨てている彼は、爽《さわ》やかな青い騎士装束を着ている。それは今私の腕を摑んでいる騎士と色は違うがデザインは同じだ。私はジュノと騎士を交互に見つめる。

「こ、これはゼビウス隊長！」

隊長？　隊長と言いましたか今？　私が混乱してジュノを見上げると、ジュノは少しだけ困った顔をして私を見下ろした。

「この子は私の恩人でね。この街に来たばかりなんだ。あまり脅さないでやってほしい」

「いや、この子が宝石を持っていて、あまりに不自然な様子だったもので」

「宝石？」

騎士さんが赤い石をジュノに差し出す。するとジュノの目が動揺したように震え、私を凝視してきた。

「君は……」

なにかを言いかけるが、すぐに口をつぐむ。なに？　ジュノはこの石に見覚えがあるの？

混乱する私の腕は騎士から解放してもらえるが、今度はジュノに軽く肩を抱かれる形で引き寄せられる。もう逃げようがない。

「それは私が彼女に渡したものだ。返してあげなさい」

「は、はぁ」

騎士さんは不思議がっている様子だったが、ジュノの言葉に大人しく従って石を私に返してくれた。掌《てのひら》に転がる石は不思議に輝いているように見えた。

「さあ、行こうか」

そう微笑んで、ジュノは私の肩を抱いて歩き出す。ええ??　と私は戸惑うが、今ジュノを振り切れば絶対に騎士に捕まるだろう。私はジュノと騎士を天秤《てんびん》にかけ、私に恩を感じているらしいジュノと一緒に行くことを選択せざるをえなかった。

◇

ジュノに肩を抱かれ歩き続ける。街の中心部を離れ、大きなお屋敷が立ち並ぶ住宅街に入っていくにつれて私は不安になってくる。

腕を振り切れば逃げられるんじゃないか、とも考えたが思いのほかしっかりと握られていて逃げ出せない。

それに私は見えてしまうのだ。くっきりはっきりとジュノのオーラが。黒い影も赤い影もない青い爽やかなオーラが白銀の煌めきを纏っている。すごく上機嫌らしい。白銀は心の穏やかさや幸福度に比例して表れるものだ。とても美しい。

ジュノが悪い人ではないのはわかる。心が清らかな人というのはそばにいると心地いい。困りながらも、どうしても振り払う気が起きなくて、私は大人しくついていく。

そうしてしばらく歩いたのち、やたら大きなお屋敷の前でジュノが足を止めた。

もしかして……動揺していると、門番がジュノを見て急いで頭を下げた。

「旦那様！　お戻りだったんですか！　連絡をくだされば迎えの馬車を出しましたのに」

やっぱりここはジュノの家らしい。

「なんだか歩きたい気分だったんだ。門を開けてくれ」

「はっ！　……この方は？」

「ああ、私の恩人だ。丁重にな」

「わかりました！」

わからなくていいよ門番さん！　と言いたかったけど、そんなことが言える空気ではない。

私はおずおずといった様子でジュノにうながされるままに門をくぐった。

お屋敷に入ってからはさらに熱烈な歓迎だ。執事服を着た人やメイド服の人たちがジュノを取り囲み、なんだか目に涙まで浮かべている。

「心配したんですよ！」

「すまない」

「すまないじゃありません！」

多少なにか揉めているようなやり取りが聞こえるが、咎《とが》めるようだった声もすぐに涙声に変わる。それが家族を案じている声だというのは私にもわかった。

「ああ、でもなんと元気なお姿！」

「おめでとうございます旦那様！」

みんなジュノが無事に帰ってきたのが本当に嬉しいみたい。私はようやくジュノの腕から解放されたけど、口を挟むタイミングを失って呆然とその様子を見ていた。

ふと、執事服の男性が私の存在に気が付き、ジュノを見る。

「あの方は」

「彼女が僕を治してくれたんだよ」

「なんと！」

　すると今度は私が彼らに取り囲まれることになった。執事服の男性は瞳に涙を浮かべ、メイドさんたちは歓声を上げて私の腕に触れてくる。

　彼女たちのオーラは喜びに溢《あふ》れていて、本当に感謝をしてくれているのが伝わってきた。こんな得体の知れない小娘に優しいなんて、すごくいい人ばかりだ。

「ありがとうございます！　ありがとうございます！」

「旦那様をお救いくださりありがとうございます！」

　教会で祈祷をしたときだってこんなに感謝されたことはない。あまりの勢いに戸惑っていると、私を見ていたジュノが面白そうに笑っている。

「えっと、私そんな大したことをしたつもりはなくて、その、偶然、みたいな？」

　あまり大事にはしたくないので、しどろもどろで答えるが、彼らの感謝の気持ちは本物のようだ。感極まった様子で私の手を握る年嵩のメイドさんは目に涙を浮かべ、柔らかい菫色《すみれいろ》のオーラを纏っている。感謝と慈愛の色だ。

「ああ、貴女《あなた》は我が家の恩人です。坊ちゃまを助けてくださってありがとうございます」

「エルダ、坊ちゃまはやめてくれ。僕はもう二十四歳だよ？」

「いいえ、私にとって坊ちゃまは坊ちゃまです。さあ、お嬢様、ぜひお礼をさせてください」

「ひえええ」

なんだかとんでもないことになったぞ、と私が目を白黒させていると、ジュノもそのメイドさんの言葉に乗っかってくる。

「そうだよ。仕事を探しているってことは、今夜泊まる場所もこれから探すんだろう？　我が家に泊まっていってくれ」

「そんな！　そこまでしていただかなくても」

「いいや。君はそこまでのことをしたんだ。さあ、遠慮しないで」

「で、でも」

「さあお嬢様、遠慮なさらないで……旦那様、お嬢様のお名前を教えてくださらないと」

「ああそうだったね……そういえば名前を聞いていなかったね。僕はジュオルノ・ゼビウスだ。君は？」

「わ、私はアイリスです」

うっかり本当の名前を口にしてしまった。というか、ジュノの本名ってなんかすごい威厳を感じる。気軽にジュノなんて呼んでしまってはいけなかったんじゃないだろうか。と心臓が痛くなってきた。

「アイリス。きれいな名前だね」

ぎゃー！　美形が微笑むと心臓に悪いからやめてほしい。真っ赤になってわたわたしている私とは真逆にジュノ改めジュオルノはどこか余裕の微笑だ。

「も、もったいないお言葉です、ゼビウス様」

「アイリス……そんな他人行儀な呼び方をしないでおくれ。最初に名乗ったとおり、僕のことはジュノ、と」

「む、無理です!!　ゼビウス様、お許しください。わ、私は」

「だめだよ。そんな他人行儀な呼び方はやめてほしい」

他人行儀もなにも、他人ですよね。逃げようと後ずさる私にジュオルノはどんどん近づいてくる。逃げ場をなくした私にジュオルノは迫力のある微笑を向けてくる。

「せめて名前で呼んでくれないかな、ジュオルノ、と」

「どうしても、ですか」

「どうしても、ね」

たぶん、これは了解するまで許してもらえないやつだ。私はつばを飲み込んで、小さく頷く。

「……わかりました。ジュオルノ様」

「様なんていらないのに」

「さすがにそれは無理です」

ジュオルノはうーんと首をひねってはいたが、それ以上はなにも言ってこなかった。ようやく距離が取れたことにほっと胸を撫で下ろす。

「さあ、アイリス様！　お疲れでしょう？　まずはお食事にしましょうね」

お話が終わったようですね！　と顔を出してきた、さっきからジュオルノを坊ちゃまと呼ぶメイドさんはエルダさんというらしい。このお屋敷のメイド長だと自己紹介をしてくれた。エルダさんに背中を押され、私はどんどんと屋敷の奥へと連れて行かれる。

ジュオルノはすごく嬉しそうでなんだかちょっとだけ腹が立つけど、正直お腹が空いていたし、いろいろあってくたくただった。

こうして私は押し切られるように、その晩はジュノの屋敷に滞在することになってしまった。出された食事はこれまで食べたどんなものよりもおいしくて、私は何度も感動を伝え料理を作ってくれた人や運んでくれた人に感謝を述べた。

不作法と笑われるかもしれないと思ったが、屋敷で働く人たちはみんな私に好意的な視線を向けてくれる。偶然触れ合う瞬間に感じるオーラには深い感謝の気持ちが溢れていて、こんな居心地のいい場所は本当に初めてだった。

これまで飽きるほどに毎日女神様に祈っていた結果かな？　ご加護ってやつ？　なんて考えながらお腹を満たした。

その後、眠気で瞼《まぶた》が重くなった私は客間に案内された。信じられないくらいに清潔でふかふかのベッドを目の前に、薄汚れた私が横になっていいのかと戸惑いつつもそっと座ると、その心地よさにたまっていた疲労が一気に噴き出す。

今日はいろいろなことがありすぎた。吸い込まれるように倒れ込んで、私は夢の世界に落ちていった。

◇

「なに！　アイリスがいないだと！」

声を荒らげる神官長に、他の神官たちは怯えた表情だ。今日はとても大切な客が来るからとアイリスに祈祷を任せていたはずなのに、どこで聞きつけたのか他の巫女がでしゃばってきたせいで、その客は祈祷の結果に満足せずに帰ってしまった。男爵など目ではないほどの相手だったのに。引き止めてアイリスに再度祈祷をさせようと探したが、なぜか見つからなかった。

新しい寄付が増えると思っていた神官長は怒り狂いアイリスを探したが、教会のどこにもいない。それどころか、アイリスの部屋はびっくりするほどすっきりしていた。

もともと荷物が少ないため、最初は誰も気が付かなかったが、よくよく確認すれば生活用品や服のたぐいがまったくない。逃げた、と気が付いたときには日が傾きかけていたのだった。

「まずいことになったぞ」

祈祷の質がいい巫女ではあったが、身寄りがないがゆえに行方不明になったところで問題はない。

しかし、あと数日で聖女選定の儀式が控えている。王の使者も同席するその場で、いつも確認している巫女の数と一致しなければ、疑問を持たれてしまうかもしれない。聖女候補である巫女の保護と育成は教会の役目だ。それが果たせなかったとなれば、神官長の地位は危うい。

巫女に関しては今からでも緑の瞳の娘を探せば代役に仕立てられるだろう。幸運なことに選定の儀式はベールを被って行うので、あの目立つ白い髪の娘がいないことに気づかれることはない。

厄介なのはドル男爵だ。いつも多額の寄付金を納めてくれる彼は、なにが気に入ったのかアイリスを大変欲しがっている。珍しいものが好きなのもあるのだろうが、本当のところはいつも澄まして淡々と仕事をこなす顔を泣かせたいという悪趣味な男だ。選定の儀式が終わり次第、アイリスを連れて帰ると息巻いていた。

てっきり愛人にするのだろうと思っていたが、詳しく聞いたときの口ぶりは少し違っていた。誰かにあの娘を献上すると言っていたのだ。白い髪の変わった巫女を欲しがるのはいったい誰かと気になったが、支度金として多額の金も受け取った以上、深く追及する必要はない。

しかしアイリスがいなくなったとなれば別だ。あの金を返すのは惜しい。

「なんとしても、なんとしても探し出すんだ」

神官長は絞り出すように叫ぶと、神官たちにアイリス探しを命じた。

◇

「どうして私がこのようなことをしなければならないの！」

苛立《いらだ》たしげに叫びながら皿を洗っているのはローザ。そして他の巫女たちも食堂や食器の片付けをしている。いつもならばアイリスが一人ですべて行っていた作業だが、今日はアイリスがいないため、彼女たちが行わなくてはならなかった。

聖女候補たちが生活する寄宿舎は、神官たち男性は立ち入ることを許されていない。聖女候補ではない一般の巫女たちも別の寄宿舎で暮らしている。女神様の加護を受けるための祈りの効果を維持するには聖女候補は俗世と隔絶した環境で過ごすべきだという戒律があり、原則として身の回りのことを含め、彼女たちだけで生活せねばならない。

教会の一番奥にある専用の区画が聖女候補だけのための場所。中に入るには通行証の確認が必要な厳重な建物だ。家族や友人と面会する際は教会に設《もう》けられた部屋を使う決まりまであった。だが、出るだけなら簡単な場所でもある。聖女が外に逃げ出す、という前提そのものがないので、アイリスが外出を繰り返していても気が付かなかったのだ。そして逃亡にも。

これまで食事の用意から片付けまで全て行っていたアイリスがいなくなったことで、残された彼女たちは途方に暮れることになる。いったいなにから手を付けたらいいのかわからないのだ。

教会に入った当時、慣れるまではと一般の巫女たちが手伝いに来ていたのだが、ローザをはじめとする候補者たちの傲慢《ごうまん》な態度に腹を立ててからは二度と近寄ってくることはなかった。

ゆえにアイリスが一人ですべての仕事をこなしていたのだ。そのアイリスがいなくなった今、彼女たちの生活水準は下がってしまう。パンなどそのまま食べられるものも届けてもらっていたが、スープなどは自分たちで作らなければならなかった。料理などしたことがない彼女たちが作ったスープは塩辛くて生煮えで、とにかく食べられたものではなかった。

仕方なくパンと水だけで腹を満たした彼女たちは、汚れた食器や台所を片付ける者もいないことに気が付く。放置して寝てしまおうかと思ったが、魔法でも使わない限り、朝になってもこの惨状は維持されていることだろう。

一人、また一人と不慣れな手つきで掃除や片付けを始める。

最後まで抵抗していたローザだったが、他の巫女たちの責めるような視線を感じ、仕方なく白く柔らかな手で食器を洗いはじめたのだった。

「覚えていなさいよ、あの子」

ローザが唸るように憎しみをぶつける相手は他でもないアイリスだ。

今日は他のことでもローザは深い屈辱を味わっていた。とある尊い血筋の人が祈祷を依頼してきたという話を神官が教えてくれた。

周囲はローザが次の聖女であると確信していたし、彼女自身もそれを信じて疑ってはいな

かった。聖女になった暁《あかつき》には王族とも婚姻が許されるほどの地位を与えられる。もとより伯爵家に生まれたローザは自分が貴族であることに誇りと自信を持っていた。そこに聖女という肩書きが加わることを当然だとも。

聖女になって城に上がる際の後ろ盾は多ければ多いほどいい。だからぜひ今のうちにつながりを持っておくべきだと、ローザに忠実な神官の助言を受け、本来ならばアイリスが担当するはずだった祈祷の担当に取って代わった。間違ってもアイリスが出てこないように雑用を押しつけるのも忘れなかった。

そして対面した彼は噂以上に尊い血統だった。そして今まで見たことがないほどの美しい人。ローザはひと目で恋に落ち、聖女になどならずとも彼と恋仲になれたらと夢想したほどだ。

しかし彼はローザをひと目見るなり落胆の表情を浮かべる。ローザは必死に祈祷を行ったが、結局、その人の求める成果は得られなかった。

「白き巫女ならばと思ったのに」

帰り際、彼がそう呟いたのをローザは聞き逃さなかった。白き巫女。あの不気味な白い髪をありがたがる一部の奴らが付けた、忌々《いまいま》しいアイリスの呼び名だ。

つまり彼はローザではなくアイリスの祈祷を求めてやってきたのだ。確かにアイリスの祈祷は評判がいい。治癒魔法よりも効果があり、とても安らかな気持ちになれるという。アイリスの祈祷を目当てに遠くから来る人々も多く、教会の重要な収入源にもなっていた。

しかしローザはそれが許せない。孤児で不気味な白い髪をしているというのに、自分と同じ聖女候補として巫女を務めているアイリスが疎ましくてならなかった。一番光り輝いているのは自分だと言われて育ってきたのに、あの最初の鑑定の日、一番水晶を光らせたのがアイリスだというのも気に入らない。

「あの子、絶対に許さない」

自分が聖女に選ばれた暁には必ず痛い目に遭《あ》わせてやると唸りながら、ローザは乱暴に皿を洗い、二枚の皿が犠牲となった。

◇

「ん……」

びっくりするくらいに清々しい目覚めに、私は自分がまだ夢の中にいるのかと思った。

いつの間に眠ってしまったのか記憶にない。服を着たままベッドの端で丸まるように眠ってしまっていた。柔らかな毛布が掛けられており、誰かが様子を見に来たことが察せられて、寝顔を見られたことに恥ずかしさがこみ上げるが、とりあえず起き上がってみる。

柔らかなベッドで眠るというのは生まれて初めての経験だった。こんなにも心地がいいものなのか、と感動していると、扉をノックする音が聞こえた。

「は、はい！」

寝起きの声で返事をすれば、エルダさんが入ってくる。エルダさんは私を見ると一瞬だけ驚いた顔をしたが、すぐに柔らかな笑みを浮かべる。

「アイリス様、よく眠れましたか」

「は、はい。大変よく眠れました」

「それはよかったです。よっぽどお疲れだったんですね。様子を見に来たときはぐっすりで」

じゃあこの毛布はエルダさんが掛けてくれたのかと安心する。

涎垂《よだれ》らしてなかったかな。ぺたぺたと自分の顔を触ってみるが、妙に調子がいいことしかわからない。おいしいごはんと睡眠のおかげだろうか。

「すみません、着替えもしないで」

「いいんですよ。慣れないことばかりでお疲れだったんでしょう？」

エルダさんは優しく微笑むと私のそばに寄ってくる。

そして私の手をすくい上げるように触れると、優しく手を添えて両手で包み込んでくれた。

昨晩と同じ優しい菫色のオーラは見ているこちらが温かい気持ちになる。

「アイリス様、どうか気兼ねなどせずゆっくり過ごしてくださいね」

「は、はい」

うっかり返事をしてしまったが、ここに長居をするのはよくないんじゃないだろうか。貴族様のお屋敷に、逃げ出した孤児の巫女。

うん、すごくヤバイ。というかアイリス様なんて呼ばないでほしい。やんわりそうお願いしてもエルダさんは聞こえないふりをしている。それどころかにっこり微笑んで私の手を引いた。

「まだ朝食までは時間があります。さ、一度すっきりしましょう」

「へ？」

訳もわからず連れて行かれたのはまさかの浴室だ。しかも既に複数のメイドさんが待ち構えていた。

「ちょ、ちょっとそれはちょっと！」

「大丈夫ですよ。お湯に浸かればすっきりしますよ」

「お湯!?」

湯船なんて巫女時代でも年に数回浸かれればいいものだ。貴族育ちの候補者たちは毎日の入浴は欠かしたくないのか、私にいつもお湯の用意をさせていた。けれど私が浴室を使うことは絶対に許さなかった。だから身体はいつも濡らした布で拭いていた。

ホカホカと湯気を立てる小ぶりなバスタブに私の視線は釘づけだ。

「それにせっかくのきれいな髪をこんなに傷《いた》めて。私たちにお任せください！」

「か、髪!?」

そうだ、今はかつらを被っていたのだと髪に触れるが、どうも感触がおかしい。手を滑らせて確認すれば、それは白い老人のような髪で。

「わわわっ！」

寝ている間にかつらが外れてしまっていたらしい。エルダさんがさっき私を見て一瞬驚いた表情になったのはこれが理由かと慌てるが、時すでに遅し。というか、誰もひと言も突っ込まないってどういうことでしょうか。戸惑う私はメイドさんたちに素早く薄汚れた服を脱がされ、あっという間に湯船に沈められてしまった。

その後、私は人生で生まれて初めて他人に身体の隅から隅まで洗われるという貴重な経験をした。それはもうめくるめく体験でした。髪の毛もとてもいい匂いがするなにかで洗われ、つるつるのすべすべだ。身体も信じられないくらいに柔らかくて肌触りのいいタオルで拭き上げられ、花の香りがするオイルでマッサージまでされてしまった。

それから、用意されていたらしい非常に着心地のいい可愛らしいワンピースを着せられた。本当にこれを着ていいのかと何度も確認したが、エルダさんたちは満足げに頷くばかりだ。

そして私の白い髪を楽しげに結い上げる。いつも仕事や祈祷の邪魔だからと適当にひっ詰めていた髪も丁寧に編まれて、まるでどこかのお嬢様のような髪型にされてしまった。鏡に映る私は私じゃないみたい。

ジュオルノを祈祷で治療しただけだというのにこの手厚さはいったいなんなのだろうか。可愛らしい靴まで用意されていて、断る気力も突っ込む気力もない私は素直にそれを履いて部屋を出る。周りの視線が大変痛くて落ち着かない。

彼がなんと言おうと今日中に屋敷を出て行こう。

そう決めて歩いていると、向こうからそのジュオルノが歩いてくるのが目に入った。昨日の騎士服とは違い、軽装に身を包んだ彼は髪の毛を下ろしているため昨日より少し若く見える。しかしやっぱり美形だと、うっかり見惚れてしまった。

「ああ、アイリス。なんて可愛らしいんだ」

それはこっちの台詞《せりふ》ですよ。これは服とメイドさんの手腕《しゅわん》ですよ。薄汚れた小娘が着飾ったからそう見えるだけですよ。

というか髪の毛が白くなっていることにはあなたも突っ込まないのか。

ジュオルノは私をじっと見つめてなんだかすごく嬉しそう。オーラを見なくても喜んでいるのが伝わってきて居心地が悪い。

「あの。ありがとうございます。こんなにいろいろしてもらって申し訳ないです」

小さくなって頭を下げる私に、ジュオルノは苦笑いを浮かべて頭を上げるように言ってきた。

「そんなにかしこまらないで。君はそれだけのことを僕にしてくれたんだよ」

「でも」

だからといって、これはあまりに身に余る。

「さあ、昨日は慌ただしくてちゃんと話ができなかったからね。僕の話を聞いてほしいんだ」

彼は私の手を取り、優しい微笑を浮かべ見つめてくる。とても近い。イケメンが近い。ジュオルノを包むオーラは昨日以上に鮮やかな青で白銀の煌めきが眩《まぶ》しいほどだ。

あとなんか薄いピンクの花びらのようなものまで舞ってません？　ピンクの花びらみたいなオーラなんて初めて見た。すごい調子がよくて機嫌がいいのはわかるけど、それがいったいなんの感情なのかさっぱりだ。なにが彼をそこまでさせるんだろう？

「あの、ジュオルノ様」

とにかくここを出て行く話をしなければと口を開いた私だったが、ぐう、と情けない鳴き声をお腹が上げてしまった。かあ、と顔に熱が上るのがわかる。

「ふふ。昨日とは逆だね。では先に食事にしようか」

真っ赤になった私の腕を引くジュオルノはとてもご機嫌だ。恥ずかしいやら情けないやらで私は彼に手を引かれるがまま、ダイニングへと向かったのだった。

用意された朝食は、昨夜の食事同様にすごくおいしかった。

あんなふわふわのパン初めて食べた。お腹が満たされて幸せになっている私をジュオルノやエルダさんが微笑んで見ている。

貧乏くさいと思われたのだろうか。でもこの屋敷にいる人たちの空気は温かい。面白いペットかなにかと思われているのかな？

「さあ、アイリス。僕の話を聞いてくれるかな？」

食後の紅茶を出してもらいながら、ジュオルノはゆっくりと私に自分のことを話しはじめた。

ゼビウス家はなんと公爵家だった。王家の血を引く血統で隠し王家のひとつだという。現行の王族たちが病気で跡継ぎがいなくなったときなどのために、王位を継がなかった王子や王女たちが婿入りしたり降嫁したりして王族の血を守りながら続いてきたお家なんだとか。

それってものすごく偉い人ってことなんじゃないか、と私は血の気が引く思いがした。でもジュオルノには私がよく知る貴族のような偉ぶった感じは全然ないので、不思議な感じがする。

それもそのはず。爵位があっても特に貴族としての役目を負っているわけでもなく、肩書きだけなのだとか。だから王都にもあまり出向かず、このキアノスの街で静かに暮らしているのだとか。ジュオルノはこの街を守護する騎士団の隊長という役目についているそうだ。だから昨日の騎士はジュオルノを隊長と呼んでいたのかと納得。

一昨年、病気で亡くなったお父さんの代わりに、二十二歳という若さで家督を継いだはいいが、その途端に原因不明の病に苦しめられるようになった。最初はただの疲れからくる倦怠感かと思っていたが、どんなに休んでも身体が重く苦しくなる。回復薬を飲んでも、治癒魔法をかけてもらっても一時しのぎ。二カ月ほど前に急にそれが悪化して、剣を持つことすらままならなくなって、屋敷で寝たきりで過ごしていたそうだ。

「そんな状態なのに、なぜ外出を？」

馬車での様子を思えばかなり無理をしたのだろう。

供《とも》も連れずになぜ、と私が怪訝《けげん》な顔をしているとジュオルノは悲しそうな顔をする。

「この街の教会にいる巫女に、僕の苦しみの原因は呪いだと告げられてね。でもその巫女ではどうにもできないと言われたんだよ」

そのときのことを思い出したのか、ジュオルノは苦しそうだ。

そんなに具合が悪かったのに教会に祈祷に行っていなかったことにも驚いたが、ジュオルノは自嘲《じちょう》気味に笑って我が家は教会嫌いなんだと貴族らしからぬ返事を返してきた。

彼のお父さんも同様で、最低限の礼拝にしか顔を出していなかったらしい。そんな彼が最後にすがったのが教会というのは不思議な話だ。

「巫女から呪いだと告げられたときは愕然《がくぜん》としたよ。どうりでどんな治療も意味をなさないはずだ。どうにか解呪できないかと巫女に詰め寄ったよ。でもこの街の巫女は無理だと答えた。力が足りない、とね」

巫女は呪いを解くことができる唯一の存在だ。その巫女がさじを投げたとなれば、残されるのは絶望だろう。私はジュオルノの気持ちを思い、胸が苦しくなる。

「僕になにかあればゼビウス家は途絶《とだ》えてしまう。それだけは絶対に避けなければならない」

「他に……ご家族はいないのですか」

「残念ながら。母も僕が幼いときに病気で。父もずっと身体が弱かった。僕はせめて健康でいなければと思い、騎士として身体を鍛《きた》えていたのに、結局呪いなんてものに侵されてしまった」

俯くジュオルノの表情は痛ましい。私は孤児なので失う悲しみはわからないが、家族がいない悲しさは理解できる。

「ご家族を亡くして寂しかったうえに、お身体まで。辛《つら》かったですね」

私の言葉にジュオルノが目を瞬かせ、なぜか優しく微笑んだ。

「困り果てた僕を見かねね、王都にとても強い祈祷を行う巫女がいると教えてくれた。しかも聖女候補だという。僕は、藁《わら》にもすがる思いで教会伝いに連絡を入れてもらい、そのまま一人で馬車に飛び乗ったんだ」

「教会に向かわれたまま、急にいなくなるので生きた心地がしなかったんですよ！」

口を挟んできたのはエルダさんだ。

そのときのことを思い出したのか、ちょっと顔が怒っている。ジュオルノもごめん、と素直に謝っている。

二人は主人と使用人というよりもずっと近い関係のようだ。そんな疑問が顔に出ていたのか、ジュオルノはエルダさんが自分の乳母だったことを教えてくれた。エルダさんも坊ちゃんは昔から手がかかるお子さんで、とぼやいているので、なるほど、と納得する。

ジュオルノが家族を亡くしても、こんなに優しいオーラを纏っているのはエルダさんやこの屋敷で一緒に暮らす人たちとの関係が良好だからなんだとわかって、私まで胸の中が温かくなってきた。

「……でも残念ながら、たどり着いた教会にその巫女はいなかった。代わりに祈祷をしてくれた巫女も頑張ってはくれたけれど……正直あれなら治癒魔法のほうがましだったかな」

いったい誰だろうか。たぶんローザだろうな。

彼が来るからと張り切ったのだと今ならわかる。彼女なら王家にもつながる貴族だと知ればお近づきになりたいと考えるだろう。

「僕は絶望したよ。目当ての巫女にも会えず、きっと父上のように苦しみながらゆっくりと死んでいくんだとね」

「ジュオルノ……」

「でも、帰りの馬車で僕は君に救われた。まるで生き返ったように身体が軽いんだ。治癒魔法だなんて信じられないくらいにね」

やばい、と思わず身構える。ジュオルノはじっと私を見ている。私の瞳や、白い髪を、だ。

「私が教えられた聖女候補の巫女はね、美しい白い髪をしていると聞かされた。白き巫女と呼ばれているそうだ」

私は確かに白い髪をしているが、美しいなんて言われたことはない。それに白き巫女なんて呼び方も初耳だ。

「アイリス、君はその白き巫女なんだろう？　あれは治癒魔法なんかじゃない。巫女の祈祷だ。だから僕は健康になった。違う？」

ジュオルノの真剣な瞳から逃げるように目をそらす。本当のことを言ったらどうなるんだろうか。彼は悪い人ではない。もしかして助けを求めれば、男爵に売られないように助けてくれるかもしれない。うーん、うーんと私が唸っていると、ジュオルノはなぜか面白そうに笑うのだ。

「ふふ。そんなに困らないでアイリス。本当にただお礼がしたいんだ。行くあてはないんだろう？　ここに留まってくれないか？」

「で、でも」

ここにずっといたらジュオルノに迷惑がかかってしまうかもしれない。

私がジュオルノを助けたといっても、教会で他の人たちにやっていた普段の祈祷とそんなに変わらないのだ。

そこまで大げさに感謝されることをしたつもりはないのだけれど。

「そうですよアイリス様。せめてあと一週間はここにいてください。急ぐ予定はないのでしょう？　それくらいは滞在してくれないと、私たちの気が収まりません」

「一週間」

一週間後といえば、聖女を決める選定の儀式が行われるころだ。確かにその間、外をウロウロするよりかはここで大人しく過ごしているほうが目立たないかもしれない。新しい聖女が誕生すればしばらくは国中がお祭り騒ぎになるはずだ。先の聖女様は十七年前に亡くなっており、作物の収穫率も年々落ちているという。みんな新たな聖女の誕生を待ち望んでいるのだ。

逃げ出した私が選ばれることはないだろうし、神官長が言っていたようにローザが無事に聖女に就任すれば、私のことなど忘れてくれるかもしれない。そのお祭り騒ぎにまぎれてどこか遠くに行けば、静かに暮らすという私の願いが叶えられる。そんな気がした。

「じゃあ一週間だけ……お世話になります」

私が小さく頭を下げると、エルダさんや他のメイドさんたちが歓喜の声を上げた。

ジュオルノもすごくいい笑顔。喜んでもらえて嬉しいけど、なんだかすごく複雑です。

「ではアイリスがここにいる間の服を揃えないとね。それは僕の母上の服だから少し大きいだろう？」

「お母様の？　すみません、お借りしてしまって！　いいんです！　私、服は持ってます……」

口にしながらだんだんと言葉が尻すぼみになってしまう。

着替えは持っているが、ぼろぼろの古着ばかりだ。一番上等なのは巫女服だが、あれを着たら「巫女です！」と名札を付けているも同然。でも、ぼろい古着を着てこのお屋敷に滞在するというのは、さすがの私でも少し気が引ける。

「そ、そうだ、メイド服を貸してください！　お世話になる間、なんでもお手伝いしますから」

「アイリス？　君は僕の恩人だ。仕事なんてさせられるわけがないだろう？　服のことなんて遠慮しないで」

「でも、でも……」

どうにか断ろうと言葉を探すが、ジュオルノは聞く気がないらしい。エルダさんになにかを囁くと、午後には服屋が訪ねてくることになった。

「ジュオルノ様……」

「そんなに困らないで、可愛い人。大丈夫、悪いようにはしないから」

ジュオルノの優しい笑顔に逆らう術はなかった。

◇

昼食までの間、ジュオルノはずっと私のそばにいた。体調が戻ったのならば仕事に行かなくていいのかと思うのだが、今日はまだ様子見で休みにしたのだとか。

屋敷を案内しよう、と私をエスコートしてくれる際に触れる指先はとても優しく、そのたびに感じる彼のオーラは優しい青と白銀の煌めきに満ちている。花びらも舞っていてとてもきれいだ。健康そのもののオーラの色をしているから、もう休息なんて必要ないんじゃないかと思えるほどに体調はよさそうなんだけど。

「でも本当にアイリスはすごいね。昨日までの苦しさが嘘みたいだ」

昨日、教会に行くには回復薬と治癒魔法をいくつも重ねがけして飛び出したんだとか。

すごい行動力だと思う。それだけ辛かったんだよね。彼にかけられていた呪いを思い出す。あの重く苦しい二重の呪いはどれだけ彼を苦しめたのだろうか。

穏やかに微笑むジュオルノの横顔を見ていると、胸が締めつけられるように苦しかった。

「ごらん、アイリス。我が家自慢の図書室だよ」

「わぁ！」

お屋敷を一回りした後、ジュオルノが案内してくれたのは図書室だ。

教会にだってこんなに本は置いていなかった。紙の匂いが心地いい。

「アイリスは本が好きなの？」

「好きっていうか、知らないことを知るのが好きなんです！　私、教会に入る前は孤児院にいて、ほとんど字も読めなくて。教会で祈祷のために文字が読めないといけないからって教えてもらって、字が読めるようになったんです。すごく嬉しかった」

初めて与えられた本は経典だった。難しかったけど文字が読めることが嬉しくてずっと繰り返し読んでいた。中身は女神様がいかに多くの人々に豊穣を与えたかとか、教会がその女神様を信仰する考えをいかに広く布教したかという自慢話だったけど。

他の聖女候補たちは経典以外にも女神様にまつわる本を渡されていたが、私には与えられなかった。必要ないと思われたんだろうな。街でこっそり働くようになってからは、古い本を買ったり借りたりして、物語なんかを読んでいた。

皆はありきたりな物語なのにと不思議そうだったが、私にはなにもかもが新鮮だった。

「ここにある本は好きに読んでくれてかまわないよ。といっても、君が気に入るかわからないけど」

「いいえ。本はなんでも好きだから、嬉しいです」

でも高価そうな本ばかりで触れるのは躊躇《ためら》われる。見たことのない文字で書かれた本も多いので、きっと異国の本なのだろう。

読めるようになっておけば、違う国に行っても困らないかな？　なんて考えていると、ジュオルノがある一冊の本を手に取った。

「それは？」

「これは、我がゼビウス家の家系図を記録したものなんだ。見てみるかい？」

私の返事を待たずにジュオルノは本を開いた。

ジュオルノが私に見せてくれたページにはとても美しい女性が描かれていた。その女性の青い瞳はジュオルノによく似ている。少し悲しげな顔をした彼女はどこか遠くを見ているようで、今にも掻き消えそうな儚《はかな》さがあった。

「彼女は僕のひいひいおばあ様なんだ。きれいな方だろう？」

「ええ、とても」

「……彼女はね、先々代の聖女だったんだよ」

「え⁉」

巫女は未婚でなければならないと聞いていたが、聖女はそうではないのだろうか。私は驚きながらその絵を見つめる。大人びて落ち着いた彼女はいったいいくつなのだろう。

「聖女が結婚しているって不思議？」

「……はい」

正直に頷けばジュオルノは微笑みながら説明してくれた。

巫女の力は神官とは違い、結婚をしたり歳を経ることで弱まるとされていた。だから結婚が決まったり適齢期を過ぎた巫女は教会から去るのが通例だった。私もずっとそう聞かされていたし、実際何人かの巫女を見送ったこともある。しかし私が知らない事実があった。女神様からの寵愛《ちょうあい》とも呼べる加護を受ける聖女は、その命が尽きるまで聖なる力を失うことはない。それどころか、聖女の血を引く子供には聖女同様に大地への豊穣をもたらす力があるとされている。

「だからね、聖女に選ばれた女性はほとんどは王族か、我がゼビウス家のように王家の血を引く家に嫁入りすると決まっているんだ」

「へー……」

聖女候補である私がそれを知らないのは変な話だが、どうせ聖女には選ばれないだろうと思われて教えられなかったのだろうな。他の巫女たちは定期的に神官たちから指導を受けていたが、私は勤め以外では基本ほったらかしだった。おかげでときどき街に出て働いたりできたんだけど。

「ひいひいおばあ様も当時の王弟を父に持つ僕のひいひいおじい様と結婚して我がゼビウス家にいらしたんだ」

じゃあジュオルノは聖女の血を引く人ってことなの、と驚きを隠せない。でもそんな血筋の人がなぜあんな呪いを？　黒い影は新しい呪いだったので、ジュオルノに嫉妬した誰かの呪いとかかもしれないけれど、あの赤い呪いは血族を呪ったものだ。聖女の家系を呪うなんていったいどんな事情があったんだろう。急に怖くなって震える私の頭をジュオルノが優しく撫でた。

「アイリスに見てもらいたいのはこれなんだ」

「！」

次のページにはこれまた美しい青年の姿が。というか私の横にいるジュオルノそっくりだ。

ジュオルノよりも少しだけ厳しい目元がなにかを訴えるようにこちらを見ている。先ほどの先々代の聖女様とは真逆に強い力を感じる瞳だ。

「これは僕のひいおじい様。ひいひいおばあ様は身体が弱くてね、子供は彼一人だったそうだ」

ジュオルノを少し年上にして痩せさせたらこうなるだろうという彼は、なんだかとても疲れた顔をしている。せっかく描くのなら、もっとイキイキとした表情をさせてあげればいいのに。

じっとその絵を見ていると、なんだか不思議な気持ちになった。ジュオルノに似ているだけではない。なにか、よく知っているものが描かれているような……。

「あ！」

「気が付いたかい？」

「こ、これ……」

私はあの赤い石を取り出す。ジュオルノに取りついていた赤い影が形になったもの。絵の中のジュオルノのひいおじい様の胸には、この宝石そっくりの赤い石があしらわれたペンダントが輝いていた。

「そう。これは我が家の失われた家宝。ねぇ、アイリス、どうして君がこの石を持っているの？」

言いながら私を見つめるジュオルノの顔はなんだか妙な迫力が。なんとなく後ろに下がるが、私はあっという間に追い詰められる。ぴったりと背中を本棚に密着させた私の左右を彼の腕が囲い込む。逃げることもできず、目の前のジュオルノを見上げることしかできない。

「どうして白き巫女である聖女候補の君がここにいるのかな？　僕に教えて？」

さっきまではあんなに紳士的だったのに、突然の押しの強さに処理が追いつかない。ジュオルノがなんだかちょっと怖い。唇が触れそうなほどに近い美しい顔に私は息も絶え絶えになる。

「どうしてって……」

こんな不意打ちな尋問をされるなんて聞いてない。

「僕には話せないこと？　……僕はアイリスのことが知りたいんだ」

「えっと、その……」

「なにも言ってくれないならずっとこのままだよ？」

（ひぃぃぃ！）

ジュオルノの腕が私の腰を抱いた。彼のオーラは相変わらず青くてきれいだし白銀はそのまま。に濃いピンク色になった花びらがすごい勢いで舞ってる。その光景の中できれいに微笑むジュオルノの色気がすごすぎて私の心臓が壊れそうだ。

「話す！　話しますから！　お願いだから勘忍してください……！」

叫んでジュオルノの胸を必死で押し返すが、彼の身体は私の力ごときではびくともしない。

そのまましばらくお互い無言が続いたが、私がパニックになっていることに気が付いたのか、仕方ないとでも言いたげなため息をついて、解放してくれた。

「チッ」

この優しそうな美形、今、舌打ちしませんでした？

でも、すぐに優しい笑みを浮かべてきたので空耳だったんだろう。だってオーラはきれいな青のままだ。白銀は少し薄くなったけど、花びらは健在……というか、ちょっと赤くなってませんん花びら？

「じゃあ、話してアイリス」

「…………はい」

そうして私は自分の立場や状況を洗いざらいジュオルノに説明することになったのだった。


「なるほど」

妙に低い声に背中が伸びる。

私のたどたどしい話をジュオルノはずっと黙って聞いてくれた。

そして話が廃棄巫女になりそうだったことや、寄付金の対価に男爵に渡されそうだったくだりに入ると、穏やかなジュオルノがすごく怒っているのがオーラを見なくてもわかった。

男爵の名前を出すのはなんとなく嫌で「とある貴族」とぼかして伝えたが、そうしなければ、このままの勢いで乗り込んでいきそうな雰囲気。

聖女候補であったことや逃げ出した経緯は全て正直に説明した。

オーラの件は信じてもらえるか不安だったのと、私が彼らの気持ちを盗み見ていることを告げるのはなんだか気恥ずかしかったので適当にぼやかしておく。

ジュオルノに呪いの気配がしたから祈祷を行ったら、なぜか呪いが宝石に変わったと説明しておいた。嘘ではないし、いいだろう。

「あの、私……」

私のしたことは、教会からの脱走に巫女の務めを放棄したこと、それに成り行きとはいえジュオルノに身分を偽《いつわ》ったことだろう。

教会に突き返されるのかな。それは嫌だなぁと思いながらも、これ以上嘘を吐くのもかくまってもらうのも心苦しい。

「ごめんなさい」

とりあえず謝って俯く私にジュオルノは小さなため気を吐き出す。呆《あき》れられたと思うと胸が痛くなった。

「アイリス。君はどうしてそう……いいや、それが君のいいところなんだろうけどね」

「え？」

「教会のことは僕がなんとかしよう。とにかく、最初の約束どおり君はしばらくこの屋敷にいなさい」

「でも」

「わかったね？　それともさっきみたいにしないと、僕の言うことは聞けないかな？」

にっこりと有無を言わせない迫力で迫られて、私は急いで頷く。

またあんなふうに近づかれたら、今度こそ本当に心臓がもたない。

「それと呪いの件だけど、呪いのひとつが僕の血族を呪っていたというのは本当かい」

「はい。間違いありません。もうひとつの呪いはジュオルノ様へ向けたもののようでしたが」

ジュオルノの表情が曇る。自分が呪われていたと聞いて気分のいい人はいないだろう。

「……僕自身への呪いは心当たりがある」

え？　心当たりがあるの！　と私が口に出さずに驚いていると、ジュオルノはさっきの本を取り出してひいおじい様の胸に輝く宝石と私が渡した宝石を見比べている。心当たりについては、これ以上口にするつもりがない様子だ。

「間違いないね。これはひいおじい様が大切にしていた宝石だ。ひいおじい様が亡くなったときに行方不明になっていた代物《しろもの》だよ」

「貴重な物なんですか？」

「たぶんね。聖女であったひいひいおばあ様が大切にしていたものだと聞いている。失われた大切なものだからと、僕のおじい様や父はずっと探していたんだ。でもなぜそれが呪いに……？」

私もあれから宝石に触ったり聖なる力で触れてみたりしたけど、今はすっかり普通の宝石にしか感じない。あの呪いはいったいなんだったんだろう？

「わかりません。ただ、もしかしたらジュオルノ様のお父様が早くにお亡くなりになったことと関係しているかもしれません」

「たぶん、そうなんだろうね」

ジュオルノが宝石を見つめる瞳には悲痛さが滲《にじ》んでいる。本当にあの宝石の呪いが親から子に引き継がれてきたものならば、ジュオルノのお父さんはジュオルノが苦しんだとき以上に大変な思いをしてきたんだろうから。

「ジュオルノ様？」

「呪いについては僕もいろいろ調べてみるよ。アイリス。本当にありがとう。君のおかげで我が一族は救われた」

「いいえ、そんな。私は大したことはしてません。ただ、巫女として祈祷しただけで」

「いいや。君だからこそ僕は救われたんだ。心から感謝している」

ジュオルノが私の手を取り、手の甲に優しく唇を落とした。

「ひえっ」

まるで物語の騎士がお姫様にするみたいな誓いのキスだ。ただの平民巫女には刺激が強すぎます！　目を白黒させている私にジュオルノは優しく微笑む。舞っている花びらと白銀が眩くて、目が痛いほどだ。

「そろそろ昼食かな。行こうかアイリス」

手を引かれるがまま私は歩き出す。なんだかすっごく疲れた気分。

昼食はサンドイッチでそれはそれはおいしかった。

私、このお屋敷で暮らしている間に太っちゃうんじゃないだろうか。

そんな心配をエルダさんに伝えたら「アイリス様は痩せすぎですからもっと食べるべきですよ！」と叱られた。

あっちもこっちも棒切れみたいだもんなぁと自分の身体を見つめる。孤児院時代はもっとボロボロだったから、マシになったほうだとは思うのだけれど。ヤムおばさんのところで働かせてほしいとお願いしたときも歳より幼く思われてたんだよね。せっかく貸してもらったワンピースもなんだかあちこちすかすかしてて、すごく申し訳ない気分だ。

そんな私の気持ちをよそに、午後から本当に服屋さんが来た。

お引越しですか？　というほどのドレスや装飾品を抱えてやってきて、応接室はあっという間に出張洋服店だ。

「まあまあ！　可愛らしいお嬢様ですこと！　さあ採寸しましょうね！」

テンションの高い売り子さんの勢いに流され、私はあちこちを測られる。

すごく恥ずかしいのにジュオルノはずっとそれをにこにこした様子で眺めている。一応、年頃の女の子なので男性に身体のサイズを知られるのはすごく恥ずかしいんだけどなぁ。でも私を見ているジュオルノの視線はものすごく嬉しそうで楽しそう。

エルダさんたちも並べられた服を手に取っては私に合わせたりあれこれ楽しそうに相談している。あれかな？　拾ったペットを着飾らせている心境なのかな？　そう考えると妙にしっくりくる。私の祈祷に恩を感じているのもあるが、みすぼらしい身体とか気味の悪い白い髪とか哀れな境遇《きょうぐう》とかに同情してくれているんだろう。私も孤児院時代に新しい子供が入ってくるといつも甲斐甲斐《かいがい》しくお世話していたもんなぁとしみじみ思い出していた。

「お嬢様は本当に細いですわね。心配になるほどです」

「そうですか？」

私のサイズを書きとめながら、売り子さんは大きなため息を吐いた。採寸結果を書きとめた紙を見つめ、持ってきた服と見比べながら困り顔だ。

「これでは既製品サイズは大きすぎますわね……」

服屋さんは事前に聞いていた私の年齢からだいたいの服を用意してきてくれたらしく、痩せっぽっちの私には大きめのものばかり。今私に合わせてくれているワンピースは丈が長すぎて、裾が床についてしまっている。

「かまわない。彼女に似合うものを仕立ててくれ」

「ジュオルノ様！　そんなもったいないことしないでください！」

私は一週間しかお世話にならないのに、仕立てるなんて贅沢すぎる！　慌てる私を援護してくれたのはエルダさんだ。

「いいえ。それはお勧めしません！　アイリス様はこれからしっかり食べて肉を付けなくては。今のサイズで仕立ててもすぐに着られなくなってしまいますよ。それはまた今度にしましょう」

ちがった！　どっちかっていうとジュオルノの援護だった！

「えええ？」

どう反応していいかわからず目を回す私をよそに、ジュオルノとエルダさんと売り子さんの相談は続く。

「そうですわね。今のサイズでお仕立てするのは私もお勧めしませんわ。今は既製品を少し調整して着ていただくのがよろしいかと。こちらのワンピースなどどうでしょうか？　クリーム色でお嬢様の可憐《かれん》な雰囲気に合っていると思うのですが」

「それもそうだね。そのワンピースはもらっておこう。それとその奥にある青いドレスもよいデザインだ」

「このドレスでしたら髪飾りも青くしないといけませんね。あ、靴も揃えましょう」

完全においてけぼりな私は、その後しばらく三人の着せ替え人形になった。

ジュオルノはやたらと青い服ばかり着せたがるし、エルダさんは結構少女趣味だ。

動きやすい服がいいのにな－という私の意見は基本的に無視されて、どんどんと試着をさせられ続け、私は考えるのをやめた。

しかし、うずたかく積まれた購入予定の服や靴、装飾品の山を前にようやく我に返って悲鳴を上げ、ジュオルノとエルダさんたちに泣きながら懇願して、数着のワンピースと二足の靴で許してもらった。

必死ですがりつく私にジュオルノはなんだかすごく困った顔をしていたが、オーラは煌めいていたし相変わらず花びらは舞っていたので、きっと楽しんでいるんだ。

人が困っているところを面白がるなんてひどい人。

◇

「まだか、まだ見つからんのか！」

教会では神官長がげっそりとした顔で他の神官たちを叱り飛ばしている。彼らの表情にも陰りが見える。

アイリスが姿を消して、すでに三日がたっていた。あんな小娘一人いなくなっても困ることはないと高をくくっていた神官たちや巫女は「白き巫女は少し体調を崩したので聖女選定の儀式までは休ませている」という体裁《ていさい》を整えた。

一日目はなんとかなった。違和感よりも慣れない日常の慌ただしさが勝っていた。けれどもだんだんと彼らの日常は崩れはじめる。

まずは聖女候補たちに表れた異変だ。貴族や商家育ちの彼女たちはいつも美しく清廉な存在として神官や祈祷を求める人々から羨望《せんぼう》の眼差《まなざ》しを向けられてきた。しかし二日目の朝ともなると彼女たちの異変は誰の目にも明らかだった。

「なんだか今日のお前たちは……その……」

神官たちが口ごもる。聖女候補たちも互いの顔を見つめ、皆がなにを言いたいのか察していたが誰も口を開かない。

いつも美しく清廉だった彼女たちの服はなんとなく薄汚れ、光り輝いていた頬や唇はくすみ、髪に艶はない。それに花のような香りの代わりに、なんとも言えない汗臭さが漂っている。ただ一人、ローザだけは自前の香水をふんだんに振りかけているので汗の匂いはしなかったが、逆に混ざり合ってなんとも不快な香りを漂わせていた。

聖女候補たちの惨状を目の当たりにした神官長はこのまま祈祷をさせるのはさすがにまずいと感じたのか、彼女たちの前に立ち咳払いをした。

「巫女たちよ、その、今日は身支度を整える時間がなかったのかな？」

遠回しな言葉に何人かがびくりと身体をすくめる。誰が口を開くべきかと目配せし合う。

「ええと、その」

口ごもる彼女たちとは真逆にローザは美しい眉を吊り上げて険しい表情を浮かべた。

「そんな暇があるとお思い!?　祈祷の時間も増え、料理に掃除も忙しいのに、着替えや湯浴みの準備すらされていないのにどうやって身体を清めろというのです！」

彼女たちは慣れない仕事で手一杯でくたくただった。

それなのに、いつもならば清潔に準備されている浴室が冷え冷えとしたまま。なにをどうすればいいかもわからず、彼女たちは身体を清めることも着替えることもできなかった。そのため、この二日、着替えてもいなければ身体を清めてもいない。

掃除や料理で汚れたのもあり、包み隠さず表現すれば大変薄汚い姿だ。

「準備がされてなかっただと？　そなたたちの生活は五年前からなにも変わっていないぞ？　なぜそんな急に……」

言いながら神官長がはっとした顔になる。聖女候補たちも気まずそうに目を伏せた。怒りで身を震わせているローザを除いて。

「そうか、アイリスか……」

そう、彼女たちの身の回りのことはなんだかんだとアイリスが全てやっていたのだ。掃除や食事の準備、汚れ物の洗濯や彼女たちの湯浴みに合わせて浴室にお湯を張るという裏方まですべてだ。

彼女たちは自分たちがアイリスに押しつけていた仕事の大変さを今更ながらに思い知って疲れ切っていた。まさかアイリスがその仕事をこなしてなお、暇を持て余して外に働きに出ていたなどとは知らず。

アイリスは食事や入浴などは、他の聖女候補たちと鉢合わせないようにいつも最後にしていた。単純に嫌味や嫌がらせが面倒だったからだ。ときどき食事は食べつくされ、浴室を使うことを禁じられたりと、労働に見合う扱いはされていなかった。しかし愚痴《ぐち》ひとつこぼさず完璧にこなしていた。

孤児院育ちだった彼女にとってみれば、そんな教会での暮らしでさえ贅沢で楽なものだ。食事は作りながらのつまみ食いで済ませていたし、入浴も水で身体を拭いてしまえば特に困ることもない。だが、大切に育てられていた彼女たちには荷が重すぎたらしい。

なんとも言えない空気の中であったが、ただ一人、変わらずに苛立たしさを隠さないローザの瞳が更に吊り上った。

「そう！　あの子が仕事を放棄したのが悪いのですわ！　いったいあの子はどこに行きましたの！　私をこんな目に遭わせて!!」

金切り声に神官や他の候補者たちが身をすくませる。怒りの収まらないローザは巫女にあるまじき足遣いで地団太を踏んだ。

「落ち着きなさいローザよ。と、とにかくそのまま女神様の御前に出ることは許されない。今から湯浴みの準備をさせるゆえ、しばらく待ちなさい」

神官長は一般の巫女たちになんとか頼み込み、聖女候補たちの湯浴みを手伝わせた。そして準備の仕方や洗濯のやり方を教えるようにとも。

嫌な役目を負わされた一般の巫女たちだったが、普段「私たちは聖女候補よ！」と威張《いば》り散らしている若い小娘たちが薄汚れて萎《しお》れている姿に多少溜飲が下がったのか、それなりに優しく指導した。全員ではないが、心を改めた子はそれに素直に従う。ローザと彼女を信望する貴族出身の聖女候補たちは相変わらず高慢な態度のままだった。

異変はそれだけにはとどまらない。

「今日といい昨日の祈祷といい、まったく効果がないのだがね」

「魔物避けの祈祷札を買ったのに作物が食われてしまったよ」

　そんな苦情が届きはじめたのが三日目の朝だ。アイリスがいなくなったことにより仕方なく参拝者への祈祷や祈祷札へ加護を込めるのを手伝うようになった聖女候補たちだったが、アイリスが行っていた祈祷のような結果は当然出せない。それどころか、日々の祈りをおろそかにしていた彼女たちの聖なる力は微弱で、一般の巫女たちであっても容易な怪我の治癒や解呪の類が成功しないのだ。

　当然、寄付金を払っている人々からは不満が噴出する。

　祈祷のやり直しを求める声や、祈祷札の返品を求める声が跡を絶たない。対応に追われる神官や巫女、役立たずという視線を向けられる聖女候補たち。

　しかも「白き巫女」として信望を集めていた聖女候補の姿が見えないことに疑いの眼差しを向ける者まで現れる始末だ。あのすばらしい力を教会が独占しているのではないか。高い寄付金を払っている貴族にしか会わせないのではないか、と。神官長は誤解だと説いたがみんなの視線は疑わしげなままだ。

　聖女候補たちは選定の儀式が近いゆえにナーバスになっているのだとも説明し、しばらくの間祈祷の仕事は一般の巫女たちがすべて行うことになった。これに対し、彼女たちから「負担が多すぎる」と不満の声が上がるが、神官長はそんなことを気にしている暇はない。

「アイリスが病気だと!?　大丈夫なのか！」

声を荒らげるのはドル男爵。

白き巫女ことアイリスが姿を見せないという噂を聞きつけ、教会へと乗り込んできた。

「男爵様。わざわざお越しにならなくても。お手紙をお出ししたではありませんか」

「いいや。アイリスの顔を見るまでは安心できぬ。熱病ではあるまいな。あの美しい顔に水疱の痕ひとつできてみろ！　金は返してもらうからな！」

「！　いやいや、そのようなことは決して!!」

神官長は慌てるが男爵の瞳は疑わしげだ。

「私以上に金を積んだ奴が現れてアイリスを渡したのではあるまいな」

「そんなまさか。私が男爵様を裏切るとお考えですか？　アイリスは本当に身体の調子を崩して寄宿舎で休ませているのです。外に出せない以上、会わせるわけにはいかないのです」

「……まあいい、そこまで言うならば顔を見せろとは言わん。しかしだ、もし儀式が終わって私のもとにアイリスが来ないのならば、どうなるかわかっているな？」

「お約束は必ず守りますとも」

必死に頭を下げる神官長に満足したのか、男爵は鼻を鳴らしながら帰っていった。残された神官長は怒りと屈辱で顔を赤黒く染めている。

「くそ！　なんとしてもあの小娘を探し出せ!!」

口の端を泡立て叫ぶ神官長に呼びつけられた神官たちは顔を真っ青にして怯え、逃げるように神官長の部屋を飛び出した。

「アイリスが病気？　適当な嘘を吐くとは……この私をコケにするとは神官長も考えが甘い」

教会から出た男爵は意味ありげに顔を歪めた。聖なる力で守られた巫女が病気になるなど聞いたことがない。嘘を吐くならもっと上手くやらなければ逆効果だというのに、貴族出身の教会育ちというのはなにもかもが浅はかだと鼻で笑った。

男爵はどうしてもアイリスが欲しかった。

あの無機質だが整った顔を歪ませたい、泣かせたいという欲求が抑えられない。

しかしそれ以上に、アイリスを欲しがっているあの人に男爵はどうしても気に入られたかった。

「力の強い巫女が欲しいなどと変わったお願いではあったが、アイリスならば気に入られるはずだ……もしだめでも私のものになるのが少し早まるだけ。ははっ」

邪悪な笑いをこぼしながら歩く男爵の足取りは軽い。

重い身体を踊るように揺らしながら教会前に待たせていた馬車に乗り込む。扉を閉めようとした従者に小声でささやきかけた。

「ザック、神官長を見張っておくように手配をしろ。アレはなにか隠している」

「かしこまりました」

ザックと呼ばれた男は小さくうなずくと、馬車の扉を閉めたのち、それを無言で見送った。

恐らくは男爵の指示を遂行するための手配をしに行くのだろう。男爵は馬車の中でだらしなく体勢を崩しながら懐から小さな瓶を取り出した。うやうやしい動きでまるで宝物を扱うかのようにその蓋《ふた》を外せば、えもいわれぬ香りが男爵の鼻腔をくすぐった。

「ああ、アイリーン様……！」

その香りは男爵が崇拝《すうはい》してやまない女性のものだ。

お前だけ特別よ、と蠱惑的《こわくてき》に微笑みながら握らされたこの瓶には彼女が愛用する香水が詰められている。男爵はうっとりと天井を見上げ、香りを堪能していた。

ドル男爵ことマロウ・ドルは貧しい農村に生まれた。

彼には野望があった。金持ちになり、王都で貴族のような生活を送りたいという純粋な欲望だ。幸運なことに彼には才能があった。自分の親が片手間に育てている薬草が実は希少で高価なものであることを見抜き、それを増やし最初の金儲けの資金にした。結果、いつの間にか農村を出て王都で貴族にも引けを取らない豪華な屋敷を持つまでになった。

しかし所詮《しょせん》は平民の成り上がり。貴族たちからは白い目で見られていた。彼はそれがどうしても許せなかった。ならばと貴族の娘の婿に入るために金を積んだのに、その娘は結婚を嫌がり好いた男と駆け落ちしてしまった。

ツテさえあれば爵位が金で買えるという噂を聞きつけ、それを可能にしてくれる相手を死に物狂いで探した。そして出会ってしまった。この国の夜を統《す》べる女王に。

最初は取り入ってやろうという下心から近づいた彼は、あっという間に女王に心酔した。これまで金を稼いできたのは彼女の心を満たすためだとさえ思え、彼は惜しみなく自分が持てるすべてを差し出した。

女王はそれがいたくお気に召したらしく、彼に男爵位を買う機会を与えたのだ。こうしてドル男爵は女王の忠実な駒《こま》となった。

その女王が求めているのが巫女だという話を聞いたとき、男爵は今以上に女王に気に入られることができると胸を躍らせた。

もともとは廃棄後に妾にするつもりで眼を付けていたアイリスを差し出せば一石二鳥だと。女王は飽きっぽい。きっとこれまでどおり、飽きた玩具は駒たちに下げ渡されるだろう。アイリスを好きにするのはそれからでも十分だ。

「逃がさん、逃がしはせんぞ」

分厚い唇をゆがめ、男爵は虚《うつ》ろな瞳のままに邪悪に笑った。

◇

私、アイリス。この三日間、なんの仕事もしていないの。

ジュオルノの屋敷に滞在するようになって三日が過ぎた。

一日目はジュオルノや、服選びに振り回されてぐったりしていたらいつの間にか夜だった。

二日目はエルダさんたちを手伝おうとするたびに、座り心地のいいソファに案内されてお茶とお菓子を用意され、気が付いたらうたたねしてしまって一日が終わった。

三日目の今日こそ、なにか役に立たねば！　と孤児院と教会暮らしで身についた貧乏性を爆発させたのだが、やらせてもらえたのはハンカチへの刺繍《ししゅう》というかなり優雅な仕事だ。

とっても高級そうな生地に高級な色糸を用意され、針も上質ですいすい縫える。

「アイリス様は刺繍がお上手ですね」

「裁縫は得意というか、必要に迫られて上手くなったんです」

孤児院時代は自分の服や他の子供たちの服を作らなければならなかったし、教会でも護符代わりに刺繍をしたリボンやハンカチなどを売っていたので、それらを作るのも仕事のひとつだった。

「とってもお上手ですわ。ふふ、旦那様もきっとお喜びになりますよ」

「え!?　これジュオルノ様のハンカチなんですか!?」

「当然ですよ。アイリス様が刺繍されたハンカチですよ？　旦那様が他の誰に渡すものですか」

すごい適当に花の刺繍とかしてしまったけど大丈夫なのだろうか。鮮やかな色糸を使うのが楽しすぎてずいぶんと艶やかなデザインになってしまった。

男性が使うには少し派手すぎると心配になるが今更デザインは変えられないので、もう心を無にして針を動かすことにした。

昨日からジュオルノは仕事に復帰した。

出かけるとき、私に絶対外に出ないようにと何度も言い含めてきて、自分も出かけたくないと子供のようにぐずぐずと私にしがみついてきた。

拾ったペットと離れたくない子供のようで微笑ましかったが、彼はれっきとした大人の男性なのでしっかりしてもらいたい。絶対外には出ないし、帰りを待っていますから、お仕事がんばってくださいね、と伝えると、本当に渋々といった様子で出かけていった。

私から腕を離す直前のオーラは青にほんのりと鈍色《にびいろ》が混じっていて、本気で悲しんでいるのが伝わってきて、ちょっとだけ面白かった。

長い間休んでいたため少し忙しかったらしく、昨日の帰りはずいぶん遅かった。

待っていると約束した手前、ジュオルノが帰ってきたとの知らせを受けて出迎えた。すると疲れた顔をしていたジュオルノがものすごく嬉しそうに笑ったのだ。ねえ知ってる？　美形の笑顔ってものすごい破壊力なんだよ。

彼が私に向けるのは保護欲とか庇護愛の類だから勘違いしちゃだめだとわかっているけど、

若いお嬢さんならイチコロだよなと思いながらジュオルノに近づき、久しぶりの勤務を労《ねぎら》った。

「ああ、君の出迎えで今日の疲れは吹っ飛んでしまったよ」

微笑むジュオルノにちょっとだけドキドキしながら「よかった」と微笑み返すことしかできなかった。

なにか気の利《き》いたことが言えればいいんだけど、こんなときどんなことを言えばいいか本当にわからないのだ。

その後、遅めの夕食をとるジュオルノに付き合って仕事の話をいろいろと聞いた。長い間休んでいたため、隊の規律が緩んでいたとか、体力を取り戻すために訓練をしていたこととか。

最初に会ったときは寡黙な人かと思っていたが、ジュオルノは意外と饒舌《じょうぜつ》だ。

決して不快な喋《しゃべ》り方ではない。私が無知なので知らないことをつい聞いてしまっても、嫌な顔ひとつせず丁寧に教えてくれる。

教会にいたころは、しきたりや言葉がわからず右往左往《うおうさおう》していた私を誰もが冷笑し無視した。

ここの人たちはそんなことはしない。私を一人の人間として扱い、大事にしてくれる。

「いいのかなぁ」

一週間という約束とはいえ、こんなに大事にしてもらっていいのだろうか。ちょっとだけ不安になる。

こんなに居心地のいい生活を知ったら、もう普通の暮らしなんてできないんじゃないだろうか。それとも、この幸せな記憶を大事にしてあとは余生と思って生きるとか？　唸りながら指を止めてしまった私に、紅茶を運んできてくれたエルダさんが心配そうに声をかけてきた。

「アイリス様、大丈夫ですか？」

「へ、あ、大丈夫です」

ずいぶんと間抜けな返事をしてしまったが、エルダさんは怒ることはない。というか、いつもすごく優しい。

彼らにしてみれば大切な主人であり家族であるジュオルノを救ってくれた恩人という思いがあるんだろう。それと私のことはジュオルノが行き場のない不憫な娘だと説明してくれたおかげで、かなり同情されている気もする。

彼らが私に向ける心は憐れみではない。これからはたくさん幸せになってほしいという応援の気持ちだというのが見てわかる。

幼いころ、施しをくれる大人たちは親のいない私を憐れみ「これよりましな人生を送れる自分は幸運だ」という優越感にまみれていた。損得勘定なしに大事にされることに慣れてなさすぎて、本当にどうしていいのかわからない。

ヤムおばさんも私に優しかったけど、あのときは労働という対価も差し出せていたから優しさを素直に受けとれた。でも今はどうだろう。本当にただ大事にされているだけだ。ちょっとだけ身の置き所がない。

「私、どうしたらいいのかな……」

「アイリス様は幸せになればよろしいのですよ」

「え？」

うっかり口に出していたらしい私の気持ちを掬い上げるようにエルダさんが答えてくれた。

「きっと坊ちゃまもそれをお望みです」

「……？」

ぴんと来なくて首を傾げる私にエルダさんは苦笑いを浮かべていた。

その瞳は本当に優しくて、私はなぜだかちょっとだけ泣きたいような気持ちになった。

◇

「隊長、本当に全快されたんですね」

「ああ」

ずっと自分の身を案じてくれていた部下の言葉に笑みを返せば、心から安心したという表情が返ってくる。

最初は小さな違和感だった。

日に日に増していく倦怠感。どんな医者にかかっても身体に問題はないという。心の問題かと思ったが、父の死で確かに弱ってはいたものの、身体を壊すほどの要因は思い当たらなかった。回復薬と治癒魔法で誤魔化しながら仕事をしていたが、二カ月ほど前にぷっつりと糸が切れたように身体が動かなくなり、以来ベッドの住人と化していた。

ありとあらゆる医術や治癒魔法師、薬師、魔術師に治療を依頼しても解決しなかった。

父親も同じように弱って死を迎えたのを思い出し、自分も痩せ細って命を失った父のようになるのかと怖かった。

あの朝、ふと目覚めたとき、なぜか教会に行くべきなのではという考えが浮かんだ。これまでも教会に行ったことはあったが、ある理由からあまり信仰深くない僕は父同様に形式的な礼拝しかしたことがなかったからだ。

薬で身体を誤魔化しながらすがる思いで教会に行き巫女に祈祷を頼んだ。

その教会で一番有能だという巫女は祈祷を終えると、青い顔で「これは呪いです」と言った。

呪い。そんなおぞましいものが自分を蝕《むしば》んでいるなど夢にも思わなかった。ならば助けてほしいとすがった巫女は悲しげに首を横に振る。あまりに呪いが強すぎて、自分には無理だと告げられ、絶望に心が染まった。

ゼビウス家を自分の代で終わらせるわけにはいかない。懇願する私に巫女が「本当はあまり広めていい話ではないのだが」と前置きして、王都の教会にいる聖女候補が素晴らしい祈祷をすると噂されていることを教えてくれた。

不思議な白い髪をした清廉で美しい巫女。その説明になぜか心が躍ったのを思い出す。

そういえばもうすぐ次代の聖女を選定する儀式が近いことを思い出した。自分もゼビウス家の当主として招待されていた。それまでにはどうしても身体を治さなければならないという焦りもあった。考える時間も惜しく、巫女に今から王都へ向かうのであちらの教会にも連絡してほしいと告げる。教会同士は聖なる力でつながっていて、こうした伝達が可能だ。ゆえに貴族たちは教会に通い、各地の情報を集める。貴族が教会に多額の寄付をするのはこれが理由でもある。我が家はそういったこととは無縁ゆえ、教会に近づく必要はなかったのだ。

なにかに急き立てられるように、不測の事態に備えて持っていた回復薬で無理やり身体を動かし、屋敷に戻る間さえ惜しいと馬車に乗り込み王都に向かった。

乗り心地の悪い馬車に揺られ、ようやくたどり着いた王都。御者に、帰りもこの馬車に乗るから待っていてほしいと路銀の倍額を渡しておいた。

教会では私を待ち構えていた神官たちに案内されて、祈祷の間に連れて行かれた。そこに待っていたのは妙にけばけばしい化粧をした金髪の巫女。媚びるように僕を見つめる瞳が煩《わずら》わしい。僕の見た目と立場を知って、それを利用しようとする者の目だ。白い巫女を望んでいたはずなのになぜ、と思ったが、薬の効果が切れてしまい、替えてほしいと告げる余力もなかった。

巫女の娘は祈祷をしてくれたが、身体はまったく楽にはならない。これでは先の教会の巫女に祈祷をしてもらったときのほうがずいぶんと効果があったように感じる。

「白き巫女ならばと思ったのに」

絶望から呟いた言葉に、金髪の巫女の瞳が怒りの色に燃えるのを感じた。

神官たちが慌てて白き巫女を探すと言い出したが、巫女はそれに反論するように金切声を上げていた。とても嫌な気分になり、神官たちへの挨拶もそこそこに教会を後にする。

もう、僕はこのまま朽《く》ちていくのだろうか。悲しみを抱えながら帰りの馬車に乗り込んだ。

そしてそこで僕は自分の運命に出会うことになる。

「あの、よかったら食べます？」

優しい声に一瞬、自分に向けられているものだとは思えなかった。急ぎすぎたせいで食事さえおろそかにしており、空腹で仕方がなかった。目の前に偶然座った少女は、名残《なごり》惜しそうにしながらも自分の食事を僕に分け与えてくれた。

人から施しを受けるのは初めてで、情けなく思いつつも、空腹に負け、渡された冷えたパイを味わう。とてもおいしくて信じられないほどに満たされた気分になった。

世の中には優しい人がいるものだと思い、なぜか彼女に自分から話しかけていた。

自分の見た目が整っている自覚はある。たくさんの女性たちから辟易《へきえき》するほどにアピールを受け続けてきたし、自分の外見に自信のある女性は苦手だった。

彼女はそんな女性たちとはまったく違うさっぱりとした雰囲気で、喋り方も声もなぜだかとても心地よく感じた。

僕に媚を売るでもなく、淡々と静かで穏やかなままの声と表情。凛《りん》としたきれいな花のようだと思った。吸い込まれそうな緑の瞳が印象的で、よく見れば顔立ちは整っており、華奢《きゃしゃ》な姿は清楚で、僕を気遣う言葉や雰囲気から気立てのよさも伝わってくる。心根も姿もとてもきれいな少女だと目を奪われた。

今から勤め先を探すという無防備さに、パイのお礼に仕事を斡旋してあげるべきかと考えてしまうほどに、僕は彼女が気になってしまっていた。なぜかあんなに沈んでいた心が軽くなり、それに呼応して身体の苦しみさえ和らいだ気がした。

そんな彼女が自分に治癒魔法をかけたいと言い出したときはとても驚いた。どこまで優しい娘だろうか、と。治癒魔法ではあまり効果がないが、彼女の優しさを無下にするのは気が引けて、僕は素直にその厚意を受け取ることにした。実際、疲れていたのもある。少しでも気が楽になれば、と思ったのだ。

僕の手に優しく触れる彼女の指はとても柔らかく温かかった。小さく細い指や手首に、彼女の華奢さが痩せすぎからくるものであると気が付く。優しく触れてくる手を逆に握り返してあげたくなった。

僕に触れる暖かさが全身を包むように広がり、まるで羽二重《はぶたえ》に撫でられているような心地になる。ずっと重たく鉛《なまり》のようだった身体が軽くなり、浅くしか呼吸ができなかった肺に新鮮な空気が入り込んでいくのがわかる。カランとなにかが落ちる音がしたと同時に、あんなにひどかった頭痛が消えていることに気が付く。

離れていく彼女の手の温もりが惜しくて目を開ければ、世界は輝いていた。

全ての不調から解き放たれた身体は軽く、信じられないほどの爽快感。呪いが解けたのだと直感した。喜びで踊りだしたいほどだったが、なぜ、という疑問が浮かんだ。

呪いを解けるのは巫女だけだ。彼女をじっと見つめれば、どこか気まずそうに視線を泳がせている。彼女はなにかを隠している。逃がしてはいけない。これは運命だと叫びそうになるほどに彼女に興味が湧いた。

その後、一度うっかり逃げられたが、再びしっかりと捕まえた腕を離すものかと、僕はその勢いのままに彼女を自分の屋敷に連れ帰った。

彼女はとても不思議な少女だった。屋敷を見て、僕がそれなりの身分だと気が付いたのか、腰が引けていた。大抵の女性は僕の見た目や肩書きにすぐ態度を変え媚びだすというのに。ますます彼女のことが気になってしょうがない。

帰宅すると、使用人たちが集まってくる。無断で屋敷と街を出たことをエルダをはじめみんなに叱られたが、その目に涙が浮かんでいるのに気が付いて、心配をかけたことを素直に謝った。生まれ変わったような僕の様子に回復を知り、みんなとても喜んでくれた。

恩人である彼女は使用人たちに囲まれ感謝の言葉を告げられて、混乱している様子だ。早く逃げたいと雄弁に訴える瞳を無視して、名前を聞きだす。アイリス。凛としたあの花を指す名前は彼女のためにあるようだった。

　僕の家名を聞いてもまったく態度を変えず、むしろ「やっぱり貴族か！」とでも言いたげに怯える顔は新鮮だ。エルダに視線で合図をして、なんとか彼女を引き止める。せめて一晩と懇願すれば、優しい彼女は了承してくれた。

　一緒に席に着いた夕食は僕には慣れた食事だったが、彼女はひと口ごとに「おいしい！」と喜び、メイドやシェフたちに媚などではないまっすぐで素直な感謝と賛辞を述べていて微笑ましい。周囲も同じ気持ちのようで、すっかり彼女の不思議な魅力の虜《とりこ》だ。

　痩せた彼女のお腹を満たしたい。大事にしたい。本能的にそんな気持ちにさせてくれる。

　いったい彼女にどんな事情があるのか早く知りたくて仕方がなかったが、きっと今聞き出しても話してはくれないだろう。

　お腹がいっぱいになったことで眠そうになった彼女を客間に案内させた。

　彼女と分かれ、休むために自室に戻ったはいいが、急に健康になったことで体力を持て余しているのか、今日の出来事で興奮しているのか、まったく眠気が来なかった。

　僕とは真逆に眠気と戦う無防備なアイリスの顔を思い出すと微笑が浮かんでしまう。

　あの様子ではすぐ眠ってしまっただろうが、どうしてももう一度顔が見たくなり、客間の扉をノックした。しかし返事はない。

　無礼なこととはわかっていたが、好奇心と彼女への興味が僕から慎みを取り払い、扉を開けさせる。
「アイリス……」
呼びかけに返事はない。カーテンも開いたままで月光が差し込む室内は妙に明るかった。
ベッドの端に丸まる小さな影を見つけそっと近寄る。すうすうと可愛らしく寝息を立てている
アイリスが服のまま子猫のように丸まって寝ていた。
寝顔はあどけなく、服からのぞく手足は簡単に折れてしまいそうなほどに細い。このままで
は風邪をひいてしまうと、毛布を探して掛けようとしたがある違和感に気が付いて手が止まる。
「髪が……」
アイリスの髪が不自然に乱れていた。
なんとなく気になって手を伸ばして整えようと触れると、その髪が根こそぎ外れてしまい、
うっかり叫びそうになるが、外れたのはかつらだとすぐに気が付いた。
無機質なそれがシーツに転がると同時にふわりと広がったアイリスの髪は、月光に照らされ
白く光り輝く。そう、アイリスの本当の髪は白だったのだ。よく見ればまつ毛も白い。
「そうか、君が」
不在であった白き巫女。僕の呪いを解いたアイリス。その二人が同一人物ならば、なにもか
もが納得だった。
そっと白い髪に指を滑らす。

とてもきれいな色なのに栄養状態が悪いのか手入れをする間がないのか、少しだけ傷んでいて切なくなった。

痩せた頬は白く、少し疲れているように見えた。染みひとつない素肌は清潔で、無防備に浅く開いた唇は木苺《きいちご》のように赤い。アイリスが白き巫女ならば聖女の有力候補なのになぜこんなに痩せ細っているのだろう。

聖女候補は国の宝だ。教会によって庇護されるべき存在。あの金髪の巫女の肌はつやつやとしていて化粧までしていたというのに、彼女はどこまでも質素な雰囲気だ。

「アイリス？」

いったいなにがあったというのだろうか。

顔の横で緩く握られた指先はよく見れば荒れている。僕の世話を親身に焼くエルダのように、これは働く人の手だ。

痛ましさと愛しさがこみ上げ、その手を優しく搦《から》め捕《と》れば、アイリスは「ふふ」と寝言で微笑み、私の手を緩く握り返してくれた。

その瞬間、身体に雷が落ちたような衝撃と心臓を鷲摑《わしづか》みにされた感触に襲われる。

これまで女性に対して、執着を持ったことはなかった。それなりに立場のある若い男であるがゆえに清い身体というわけではないが、自分から求めた女性というのには今まで一度も巡り合うことはなかった。早く跡継ぎを作るために婚約者をという声はたくさんあったが、どんな相手にも心は動かなかった。僕の見た目や地位に価値を見出した打算的な欲望には嫌悪感しか抱けず、愛はなくとも信頼できる相手であればいいとだけ考えていたのに。

アイリスの無防備な寝顔に高まるこの心はなんだろう。どこにも行かせたくない、手放したくない。緩く絡まった手はそのままに、アイリスの髪を優しく撫でる。顔にかかった髪をかき上げてやり、木苺のような赤い唇にそっと指で触れる。

「いけませんよ、お坊ちゃま」

「！」

背後から突然かけられた声に息が止まる。振り返れば、咎めるような視線を僕に向けるエルダ。手には毛布が。エルダも僕同様にアイリスを案じて様子を見に来てくれたらしい。

「寝ている女性に触れるなんて。そんな情けない男に育てた覚えはございません！」

怒った様子のエルダが僕とアイリスの間に入り込む。母親同然であるエルダには今でも頭が上がらない。温もりが名残惜しいが仕方ない。エルダは子猫のように丸まったアイリスに優しく毛布を掛けてやっている。

その手が、彼女の白い髪に気が付き、僅《わず》かに震えた後、エルダが目を丸くして私を振り返る。

「坊ちゃま、彼女が……」

「ああ。僕が会いたかった白き巫女だよ」

ほっとしたような嬉しそうな顔のエルダと僕がなんとも言えずに見つめ合っていると、アイリスはむにゃむにゃと可愛い寝言を呟いている。

思わず近寄りそうになるが、さっとエルダがそれを阻む。

「さ、いつまでも若い娘の部屋に留まるものではありませんよ」

まだアイリスの寝顔を見ていたいのに、強引に部屋を追い出されてしまった。扉が閉まり、静かな廊下にエルダと二人。

まるで子供のころ悪事が見つかったときみたいな居心地の悪さ。

「……お坊ちゃまが彼女を特別に感じていらっしゃるのはお顔を見ればわかります。そのような顔、初めて見ましたもの」

恥ずかしさと落ち着かなさで視線を泳がすが、エルダに僕の気持ちはバレバレらしい。

「アイリス様は坊ちゃまにとってもわたくしたちにとっても恩人です。気持ちはわかりますが、彼女の気持ちを無視するようなことは許しませんよ」

「わかっている」

別になにかしようと思ったわけではない。ただ、もう少しだけ彼女のぬくもりに触れていたかっただけだ。下心がないといえば嘘になるので、エルダの視線が痛いのだけれども。

「とにかく、アイリス様にはしっかり休んで食事を取っていただかなくては。あんなにお痩せになって。本当に巫女様ならなぜあんな……」

エルダもアイリスの様子が巫女にしてはおかしいことに気が付いているのだろう。

「それについては調べてみようと思う。エルダ、アイリスのこと、頼んだよ」

「お任せください！　ピカピカに磨き上げて差し上げますわ！」

頼もしい言葉に僕は微笑んだ。

翌日、エルダの手によって美しく磨き上げられたアイリスの姿を見て、僕は彼女にどうしようもなく惹《ひ》かれていることを痛感したのだった。

薄っぺらい言葉で語るのは嫌だが、苦しみから助けてもらっただけではない、彼女に対するこの胸の高鳴りは運命だと感じている自分がいた。

でも、愛や恋かといわれるとまだ確信は持てないでいる。誰かにそんな気持ちを抱いたことがないから。ただ彼女にそばにいてほしい。彼女をずっと守りたい。この感情はなんなのだろうか。僕に流れる聖女の血が、巫女の力に惹かれているのだろうか。

少し強引かと思ったが、彼女を言い含め、家に留めることができたときは、叫ばなかったことが不思議なくらいに嬉しかった。家に帰ればアイリスが待っている生活。考えるだけで胸が躍った。一週間だけといったが、当然そのつもりはない。

頬を赤くして戸惑う彼女を追い詰めて境遇《きょうぐう》を聞き出したとき、抵抗されなかったらとても危なかったと思う。あの赤い唇はどんな味がするのだろうと、自分の中にこんな凶暴な欲求があると初めて知ったくらいだ。

アイリスの境遇を聞いたときは腸《はらわた》が煮えくり返る思いだった。

国によって保護され慈《いつく》しまれるべき聖女候補が、生まれや髪の色だけで差別されていたという事実に申し訳なさを感じる。

教会や他の聖女候補の巫女にはなんらかの制裁を加えなければ気が済まない思いだ。しかも彼女を妾にだと? 趣味がいいのは認めるが、そんなことは許されない。どこの貴族かは知らないが、そんな不埒《ふらち》な輩《やから》は必ず握りつぶしてやる。

そして僕の身体を蝕んでいた呪いの謎。突然現れた、失われていた家宝。調べるべきことは山のようにある。

僕個人への呪いには少しだけ心当たりがあった。血の呪いとは違い、二カ月くらい前から僕に取りついていたものではないかというアイリスの言葉に合点《がてん》がいく部分もある。

体調が悪化したのもそのころだ。その少し前、僕は国王陛下に呼ばれ登城していた。あの女ならば、やりかねない。僕への憎しみに染まった瞳をはっきりと覚えている。本当に煩わしい存在だ。この件に関しては僕一人の問題では済まないだろう。しかし証拠はない。アイリスのこともある。一度王都に行くべきだろう。

いってらっしゃい、と僕を見送ってくれたアイリスを思い出す。

彼女にはなんでもしてあげたいと思う。食事だって服だって、居場所だって与えてあげたい。でも、そうしたい肝心の理由がよくわからない。助けてもらったことへの恩義は当然ある。聖女候補という尊い存在であるべき彼女が虐《しいた》げられていたという境遇には胸が痛むし、貴族で王家につながる身分であることからの責任もある。

でも、彼女に囁くべき言葉が出てこない。

自分がこんなに不器用な人間だとは思わなかった。彼女への恩を建前にして、そばにいてくれるように頼むことしかできないのがもどかしい。

僕自身も彼女とどうなりたいのかはっきりわかっていないし、彼女も僕の態度に困惑している様子だ。境遇からか、アイリスはどこか斜に構えているというか、対価もなしに大切に扱われることに戸惑っていることが見ていてよくわかる。そんな姿はとても新鮮で、可愛らしくて胸が熱くなる。

これまで僕に近づく女性はみんな下心があったから、あしらうのも容易《たやす》かった。でも、僕がどんなに優しく微笑んで近づいてもアイリスは慌てて困り果てるばかり。僕を嫌っているわけではないと思いたいが、自分の魅力に少しだけ自信がなくなってしまう。

こんなことは初めてだ。無理に迫れば逃げていく。確信めいた予感に、恩を返したいという言い訳をまくしたててつなぎ止めておくのが精一杯。エルダに「もう少し冷静にお願いします」と叱られたばかりだ。

いったいどうすれば、アイリスは僕に微笑んでくれるのだろうか。彼女の憂《うれ》いを取り払うにはどうすればいいのか。どうすれば、彼女を僕だけのものに……。

「隊長？」

そばに控えていた部下が、僕の不埒な気持ちを察したのか表情を曇らせていた。

「すまない。少し考え事をしていた」

「まだ復帰されたばかりなのですから、無理はしないでくださいね」

「ああ」

優しい部下に返事をしながらも、本音は早く家に帰りたい。ただそれだけだ。しかし長く休んでいたためにやるべきことは山積している。

「はぁ」

隠し切れない切なさを乗せたため息をこぼしながらも、「お仕事がんばってくださいね」と無邪気に僕を見送ったアイリスの励ましに応えるべく、僕は書類に立ち向かうのだった。

◇

三日目の夜。昨日同様に疲れた顔をして帰ってきたジュオルノは、私の顔を見ると安心したように微笑む。ちゃんと一週間はいるって約束したのにそんなに信じてもらえていないのだろうか。一緒に夕食をとりながら今日はどんなふうに過ごしたかを話す時間にも慣れてきた。

「アイリス、明日は休みなんだ」

「そうなんですね」

「一日一緒だよ」

「はい？」

にこにこと私に告げてくるジュオルノの意図がよくわからない。

「まだちゃんとお礼ができてないからね。よかったら外に甘い物でも食べに行かないかい？」

外、という言葉に少しだけ気持ちが弾む。教会で生活してきたとはいえ、ときどきは外に抜け出すような私だ。せっかく知らない街に来ているのだから外に出たいという気持ちは強い。

この先、一人で生きていくためにはいろいろなことを学ばないとだめだろうし。

でも、逃亡している身の上で外になんか出て大丈夫なのかしらという不安もある。

「外に出られるのは嬉しいですけど……大丈夫でしょうか」

「大丈夫だよ。目立つような場所には行かないし、少し気分転換も必要だろう」

「はぁ……というか、もうお礼なんて必要ないですよ！」

明らかに過多だ。ふわふわの布団で眠ってメイドさんたちに起こされる日々。三食上げ膳据え膳だし、三時のおやつには絶品の甘味と紅茶。

私、この三日間で明らかに太った気がする。もともと棒みたいな身体だから、健康的になったくらいなんだろうけど。洋服だって毎日新しいものを着せてもらって、お風呂だって欠かさない。カサカサしてた肌がふっくらして、老人のようだった髪がつやつやと輝いているのがわかる。自分が自分じゃないみたい。

「遠慮しないで。君は命の恩人なのだから」

「えぇぇぇ」

正直、もうお腹いっぱいです。

ジュオルノやお屋敷の人たちはすごく優しいけど、少しだけ息苦しさも感じていたりする。なんだか強引な感じもするし、場違い感、というのかな。なんてったって、私、どこの馬の骨とも知れない天涯孤独の身だし、廃棄予定だった逃亡巫女だし。

ジュオルノにしたことだって、普段教会でやってた祈祷となにひとつ変わらないんですけど。確かに、少し厄介な呪いであった気配は感じたけれど、そんなに大変とは思わなかったし。お礼をされることをした、という実感が全然ない。

教会での祈りも参拝者の人たちは教会に寄付金を納めていたというが、私自身への実入りはない。だから、自分がこれまで日常的に行っていた行為に対してここまで感謝されるなんて初めてで、なにもかもに恐縮してしまう。

「それにあの宝石を鑑定してくれそうな相手に心当たりがあってね」

「鑑定？」

聞きなれない言葉に首を傾げれば、ジュオルノはちょっとだけ意地悪な顔をする。

「アイリスも知りたいだろう。僕の呪いについて」

う、それは確かにちょっと知りたいかも。聖女にかかわることでもありそうな予感がしているし。一応、逃亡したとはいえ、私はまだ巫女。次の聖女が決まるまでは候補の一人なので、興味はある。

たぶん、いや、絶対に選ばれる気はしないが、知らないことがあるのはちょっと気持ち悪い。私は好奇心に負けて「いきます」と返事をしてしまっていた。


と、いうわけで翌日。私は買ってもらった中で、一番素敵だと思っていた水色のワンピースに身を包んでいた。少し大きいが、さすがプロの手腕といったところだろうか。不自然にならない程度に補正がされていて着心地はいい。

本当にいいのかな、汚さないようにしなきゃ、と気を引きしめる。

白い髪は目立つので、エルダさんがきれいに結《ゆ》い上げてくれたものを、ワンピースと揃いの水色の帽子で隠した。

「わあ」

鏡で確認した自分の姿はまるで別人だ。もし教会の人たちと遭遇しても、私だってわからないんじゃないかな、と思うくらいに。

栄養と睡眠って、本当に大事なんだなーと実感する。いずれ一人で暮らすようになっても食事と休息はちゃんととろう。そうしよう。

「アイリス、用意はできたかい」

「はい！」

呼ばれてジュオルノのそばに行く。平服ではあるが生地や仕立てのよさが隠しきれていないジュオルノは、やっぱり美形だ。

うっかり見惚れていると、ジュオルノも私をじっと見ていた。ふわりと微笑みかけてくれる笑顔は幸せそう。そうりゃそうだよね。ぼろぼろだった捨て猫の毛艶がよくなったら見ちゃうよね。満足げな顔は達成感か保護欲からくるものだろう。

「とても素敵だよ、アイリス」

「ありがとうございます」

もうごねても遠慮しても無駄だと学んだ私は素直に感謝しておく。

これは貴族がよく行う施しと一緒だと思い込むことにしてしまえば、少しだけ気持ちが楽になった、気がしなくもない。

「では、行きましょうかお嬢様」

差し出される手を取るべきか一瞬迷うが、結局押し切られるんだろうな、と考えて、私はその手に自分の手を重ねた。青いオーラは相変わらずに美しく、白銀と花びらは健在だ。

というかこの花びらは本当になんなのだろう。

教会に祈祷を求めてくる人々はいつだって苦しそうな淀んだオーラを背負っていて鈍色ばかり。または黒い呪いの影に蝕まれている。それを癒してしまえばみんな晴れ晴れとした顔で帰っていくし、外でこっそり働いていたときも、誠実な人のオーラはきれいな色をしているというだけで、花びらなんて形状は一度も見たことがなかった。

白銀の煌めきは、祈祷を終え私に感謝する人や、働いていたときに喜ばしい出来事があった人から感じたことは何度かあった。でもあんな花びらは本当に初めてで、私はいったいジュオルノがどんな気持ちを抱えているのか想像もできない。

聞いてみようかな、と思ったが、それを聞くためにはこの能力を告白する必要がある。

結局、臆病な私は自分のことを白状する勇気もなく、ジュオルノと共に街の中心へ向かう馬車に乗り込んだ。

馬車は規則的なリズムで揺れている。王都からこの街に来たときの馬車とは違い上等な馬車なことと、整地された街道を走っているからだろう。

私は歩いてもよかったんだけど、ジュオルノほどの貴族が徒歩、というのは外聞とか警備とかいろいろ問題があるらしい。

出会ったあの日に歩いて屋敷に戻ったのは連絡手段がなかったから仕方がなかったことだったらしい。今日は護衛の人やメイドさんが一緒に行く！　と言ってくれたけど、ジュオルノも断っていたし、私もそこまでしてもらうのはやっぱり気が引けた。

でも、二人きりの車内は少しだけ落ち着かないので、エルダさんについてきてもらえばよかったかもとちょっとだけ後悔していたりもする。

窓から見る街並みは新鮮だ。この街に来た日も感じたけれど静かでとてもきれいな街並み。住んでいる人たちもみんな明るく落ち着いた雰囲気。

「いい街だろう？」

「とても。私、ずっと王都にいたので、違う街って不思議な気分」

「孤児院も王都に？」

「はい。西の外れにある貧困地区の孤児院でした」

ある貴族が戯《たわむ》れに経営していた孤児院はいつもひもじくて寒い場所だった。

預けられる子供よりも捨てられた子や行き場のない子供が多い場所で、院長はよく言えばおおらかで悪く言えば放任の人。

そのくせ、ときどき私たちを集めては「お前たちは幸せだ。なぜなら死んでいないではないか！　とにかくやれることをやって生き抜け」と訳のわからない演説を繰り返していたっけ。

あれは贅沢を言うなという話だと今ならわかるけど、幼い私には現状に文句を言うことは許されないという刷り込みでしかなかった。

貴族からの気まぐれな施しと国から配給される食事以外は自分たちでなんとかしろという考えで、子供たちはほぼ自力で生きていたように思う。

夏には森に行き、食料や木材などを集めて自分たちで食事を作ったし、寒い夜は男も女も関係なく、身を寄せ合って暖をとって眠った。

みんな寂しいのは一緒で、年上の子たちが小さな子の面倒をよく見ていた。私は髪のせいで気味悪がられていたけど、仲間外れにされることはなかった。

なんだか急に懐かしくなった。

みんな元気かな。聖女候補の確認に行くと突然連れ出され、そのまま教会暮らしになってしまったからお別れなんてできなかったし。

気が付けばあの日からもう六年もたっていたのだと急に実感した。白っ子と私をからかう子もいたけど、小さな子供たちはこんな私のことでも「おねえちゃん」と慕ってくれていた。

寒い日に一番下の子を抱いて寝るととても温かかった。あの子たちもきっと大きくなっただろうな。無事に大きくなっているといいな。

「悲しいことを思い出させたかな?」

「うーん」

悲しくて辛くてひもじい気持ちで泣いた夜はある。自分を捨てた親が恨めしかったことも。でも温かな記憶だってある。

院長の言葉どおり、今生きている。それに教会で過ごした日々は決して無駄ではなく、私はいろいろなことを学んで成長することができた。

「嫌なこともたくさんあったけど、恨んでも仕方ないかなって今は思います。きっとみんな自分のことで精一杯なだけで」

「君は強いね」

「そんなことないですよ。ただ、いろんな人の悩みを聞いて祈祷を繰り返していたら学んだんです。ずっと誰かを恨んでいても仕方がないかなって」

他人を恨んで呪って自分すら深く憎んでどうにもならなくなった人を祈祷したことを思い出す。とても複雑なオーラで、剝がしても剝がしても、本人に戻っていくだけ。何度も何度も聖なる力を流し込むことで薄めることができた、一番複雑な呪い。けれど後遺症は残ってしまった。その姿は憐れで切なくて、見ていてとても辛かった。だからたとえ教会という場所でなくても、呪いに苦しんでいる人がいたら助けたいと思ってしまうのだ。

「アイリスは優しいんだね」

「別に優しいわけじゃ」

役目だからやっていただけだし。自業自得な人だって少なくなかった。

目の前で苦しんでいる人をほうっておくのは気分のいいものじゃないし、自分に与えられた役目を放棄した瞬間、私の居場所がどこにもなくなりそうでただ怖いのだ。

だからジュオルノのことも反射的に助けたくなってしまった。決して恵まれた人生ではなかったけれど、それでも確かに私はいろいろな人に助けられて生きてきた。だから私も誰かを助けなければいけない。でなければ、もう二度と助けてもらえないかもしれない。見放されるかもしれないという、いつも心に燻《くすぶ》っている恐怖だ。もうこれは習慣に近いのかもしれない。

「いや、とても優しいと思うよ」

ジュオルノこそ、すごく優しくていい人だよね。私なんかにこんなに優しくしてくれて。そんなにいい笑顔で見つめられると、急に恥ずかしさがこみ上げてきて居心地が悪いから勘弁してくれないかな。

話題を変えようと視線を泳がせた私は、今日の目的を思い出す。

「そういえば、宝石の鑑定って、どなたが？」

「知り合いに魔術師がいるんだ」

「魔術師！」

存在は知っていたが、実際に会うのは初めてだ。魔力で様々な魔法を操る彼らと教会の関係はあまりよくない。

魔力は聖なる力とは相反する闇属性の力。だからそれを使う魔術師は女神信仰とは相反するものとされている。豊穣の女神様に守られたこの国では魔術師はある種、異端者扱いなのだ。

それでも不思議と容認されているのは、彼らの使う魔法が強力で有用だから。魔獣に対する直接的な対応や、薬の開発に加え治癒魔法で人々を癒すこともできた。

神官長は女神様の力と相反するからというより「あいつらのせいで参拝者が減る」と文句を言っていたので、寄付が減るから嫌っていたのではないかと思う。

私は魔法だろうが祈祷だろうが苦しんでいる人が楽になればそれでいいと思うんだけど。女神様だってそんな細かいことにいちいち目くじらは立てないと思うし。

それに治癒魔法と聖なる力で行う祈祷は似て非なるものだ。

魔力は万物に宿る生体エネルギーのようなもので、魔法はそれを消費して行う奇跡。聖なる力は女神様からの借り物で、巫女や神官は媒介になって奇跡を起こす。自分の力でなにかをするか、女神様の力を借りてなにかをする、という明確な違いがある。

そう考えると、女神様の力を拝借している私たちよりも、自分の魔力を使う魔術師のほうがすごいのでは、なんて思う。

魔術師と巫女や神官が決定的に違うのは、呪いに関わる部分だけだろう。魔術師は呪いを増幅させたり人工的に作ることができるが、払うことはできない。巫女は呪いを払うことができるが、生み出すことはできない。

呪いとは人が持つ負の力だ。その効果は様々だ。ちょっと具合が悪くなるものから、失敗が増えるなどの弱い呪い。動けなくなったり、命を奪うほどの強い呪いもある。

黒い影はそんな呪いの証。弱い呪いのときはいつも黒い影を剝がすという方法を取っていた。他の巫女たちにはオーラが見えないので私のように視覚的には意識していないようだったが、だいたい同じように、呪いをその人から取り除くつもりで祈祷していたようだった。

そうやって呪いを取り除くことは解呪と呼ばれていた。解呪された呪いは、その呪いをもたらした者や呪いを作った魔術師のところへと戻る。失敗が増える呪いをかけた者が、それが解呪された後、いつも転ぶようになったことから犯人がわかったということもあった。濃い呪いであればその反動はさらに強く、恐ろしい。

呪いの中でも特に恋や愛がもつれた呪いというのはすごく執念深いものだということは、嫌というほど学ばせてもらった。耳年増ならぬ目年増？　オーラ年増？　恋に破れた人が恋敵を殺そうとして作り出した呪いの影は漆黒に近く、剝がした後、魔術師もろとも悲惨な目に遭ったという話もある。

そんな巫女生活のせいで、私は恋愛や人との深いかかわりということに興味を持てなくなってしまった。

もとから他人と深くかかわってこない人生でもあった。こんな気味の悪い白い髪をしているから、そう簡単に誰かに好きになってもらえるとも思えないし。

教会で務めを果たすのも外でお金を稼ぐのも、どこか静かな場所で平穏な生活を送るための下準備だとずっと考えていた。

オーラさえ見えていれば、自分に害のある人かどうかわかるという安心感もあったのかもしれない。思えば、自分の気持ちを信じて動いたことなど、一度もなかったかもしれない。孤児院では生きていれば幸せだと信じ、教会では務めを果たして自由になることだけを考え。

じゃあ、今の私はどうなりたいの？　優しくしてくれる人たちから離れてどこに行きたいのだろう。

「アイリスは魔術師に会うのは初めて？」

考えを明後日に飛ばしていた私にジュオルノが顔を近づけてきた。

恋や愛に興味はないが、美形はやっぱり美形なのでドキドキするなーなんて思いながら、心臓がもたないので視線をそらす。

自分の主体性のなさに気が付いたせいで、まっすぐなジュオルノを見ていられない、という後ろめたさもある。

「はい。教会は彼らと相性がよくないので、交流したことはないです」

「彼は魔術師といっても少し変わっていて、教会に対する敵対心もないから面白い人だよ」

もやもやとした気持ちはまだ心の中にあったが、魔術師という新しい出会いに興味が湧いてきた。

あまり深く考えても今の私にできることは少ない。だったらいろいろなことをしっかり学ぼう。決めるのはそれからだってきっと遅くはない。そう私が腹をくくると同時に、馬車が目的地に着いたらしく動きを止めた。

正直言って大変胡散《うさん》くさいお店だった。

看板は出ていないし、店内は薄暗くって埃《ほこり》っぽい。壁の棚に並んだ商品は乱雑な状態だし、床には訳のわからない品物が転がっている。

教会で嫌というほど鍛えられた掃除魂が疼《うず》く。めちゃくちゃ掃除したい。だめかな。

「おお久しいねジュオルノ！　しばらく姿を見なかったが、身体はどうだ？」

そして出てきた人もとても胡散くさい。真っ黒いローブを着たひょろりとした長身のおじさん。なぜか眼鏡にひびが入っている。眼鏡の奥の瞳は琥珀色《こはくいろ》で、不思議な空気を纏っている人だ。この人が魔術師なのだろうか。

「ご無沙汰しています。いろいろありましたがご覧のとおり元気になりましたよ」

「そうか！　それはなにより！　……おや、今日は可愛いお嬢さんを連れているんだね。君に妹なんていたかな」

「妹なんかじゃない。僕の身体を治してくれた恩人なんだ」

「あの病を？　いったいどうやって!?」

おじさんは驚いたように言って私に駆け寄ってきた。不思議な香りのする人だ。薬と煙と埃の匂い。琥珀色の目が私をじっと見下ろしてる。

「おや、君は……もしかして、巫女か？」

一発で言い当てられて、びくりと身がすくむ。思わずジュオルノの陰に隠れ、彼の服の裾を摑んでしまった。

「そう怖がらないでくれ。その年頃で緑の瞳といえば巫女の可能性は高い。それに聖なる波動を感じる……ジュオルノ、どうした？　顔が赤いぞ」

「……気にしないでくれ」

「ふむ。まあいいが……」

おじさんは頭をかきながら私ににこりと癖のある笑顔を向ける。どこか人懐っこい笑顔に邪気はなく、私は少しだけ警戒を緩めた。

「しかし巫女殿ならなぜこんな場所に？　瞳と年齢からするに、聖女候補であろう？　教会の庇護下にあるべき存在ではないか」

「いろいろあってね……アイリス、大丈夫だよ。怪しいが、悪い人ではない」

「ほんとう？」

「本当だとも！　他の奴らは知らんが、儂《わし》は教会の奴らに対してはなんの悪意もないぞ。女神のこともちゃんと信仰している」

教会が魔術師を嫌っているように、魔術師も教会を嫌いな人ばかりだと思っていたが、違うのだろうか。多少疑いは残るが、ジュオルノが悪い人ではないと言うなら信じていい気がした。

ジュオルノの袖を掴んだまま、そっと顔を出せば、魔術師さんは琥珀色の瞳を細めて嬉しそうにまた笑った。

「挨拶が遅れた。儂はこの街で古くから魔術師をやっている、ファルゾーラという。ジュオルノの父親と旧知の仲でね」

「私はアイリスといいます。ちょっと事情があって、教会から逃げてきました」

逃げてきた、という単語にファルゾーラさんは「ふむ、そういうこともあるか」と言っただけで追及はされなかった。なんというか本当に変わった人だ。警戒心が抜けてしまった。

「で、巫女殿がジュオルノの身体を治したということは……君の身体は呪いに蝕まれていたのだな？」

「ええ」

ジュオルノは私に代わり、自分の身に起きたことを説明した。教会で祈祷してもらったところ、この体調不良が呪いであると判明したこと。偶然、馬車に乗り合わせた私がそれを祈祷で解呪したこと。そしてなぜか、ずっと行方不明だった家宝の宝石が現れたこと。ファルゾーラさんは黙ってそれを最後まで聞くと、私と宝石を交互に見つめ、とても深いため息をこぼした。

「そうか。呪いであったのか」

それはとても悲しい声だった。琥珀色の瞳が伏せられ、辛そうに俯《うつむ》く。触れずとも彼の身体を悲しみのオーラが包んでいる気がした。

「こやつの父も、ずっと苦しんでいたのだ。儂は友としてずっとあいつの苦しみを取り除いてやりたかったが、最後まで救ってやれなんだ」

後悔が滲む声から、ファルゾーラさんがジュオルノのお父さんと本当に友達だったということが伝わってくる。

魔術師と貴族様。いったいどんなつながりがあったというのだろうか。

「感謝する、巫女殿。魔術師は呪いを作れても祓うことはできない。もし儂が呪いだと見破っていても、やはりこやつを助けることになったのは君だろう」

「私は自分にできることをしたまでで……」

「いいや。この儂でも見破れなかった呪い。並みの巫女でも解呪できなかったのだぞ。巫女殿、いや、アイリス殿だからできたことだろう。ジュオルノを救ってくれて、本当にありがとう」

「そんな、そんなこと」

「なぜそんなに遠慮する。自信を持ちなさい。君の力は素晴らしいものだ。もっと誇りを持っていい」

自信を持て、誇りを持て。そんなことは初めて言われた。しかも会って間もない、教会や巫女と相反する魔術師さんからの真っ直ぐな賛辞。

なんだか足が地面から浮き上がりそうな気持ちだ。胸の奥があったかい。ずっと鍵をかけて隠していた心の蓋が開いてしまったような、これまで「いえいえそんなことないです」と受け流してきた感謝の言葉が、箱の中に居座って動いてくれないような心地だ。

「そうだよアイリス。君は僕の命を救ってくれた恩人だ。そして我が家をね。この恩はなにをしても返しきれないほどなんだよ。本当に感謝している」

ジュオルノも優しい声で語りかけてくれる。

これまでもさんざん言われてきた言葉だというのに、いったいどうしたことだろう。ファルゾーラさんの言葉で開いてしまった箱の中に、ジュオルノの言葉がどんどん入り込んでくる。

私は急に落ち着かなくなって、顔が熱くなるのを感じた。

「ところで、その宝石とやらを見せてもらおうか」

私の変化など気に留めていない様子のファルゾーラさんがジュオルノに詰め寄る。悲しみの色に染まっていた瞳がもう知的好奇心に輝いていた。

その変わりように少しだけホッとしながら、ジュオルノが宝石を取り出すのを見る。

「ふむ。確かに昔見せてもらった絵に描いてあった石によく似ておるな」

「たぶん本物で間違いないと思う。残っていた台座にもぴったりとはまった」

さらにジュオルノが取り出した金の台座は、あの絵のペンダントのものだ。その台座にぴったりと赤い石が収まった。まるでずっとそこにあったかのように。

「これは？」

「台座だけを残して石だけが忽然《こつぜん》と消えたらしい。以来ずっと探されてきたものだ」

「なるほど、隙間なくぴったりとはまる……アイリス殿、もう一度確認するが、解呪をしたらこの宝石が突然現れたのだな」

「は、はい」

本当は呪いとしてジュオルノにしがみついていた赤いなにかが変異したものなのだけど、まあ間違いではないよね。

「ふむふむ……今は呪いの気配はないが……なるほど、これは……」

ファルゾーラさんは、宝石を光にかざしたり不思議な紙にこすりつけたりと丹念に確認していた。

「……ジュオルノ、家宝であるのはわかっているが、しばらくこれを儂に預けてくれ。どうしても確認したいことがある」

「構いません。いくら家宝とはいえ、呪いに関係する品です。原因もわからぬままにそばに置いておくのは僕としても本意ではありません。アイリスもいいかな？」

「私も問題ありません。というか、それはそもそもジュオルノ様のものですし」

ファルゾーラさんが手元で輝く赤い宝石をじっと見つめる。その瞳に宿る感情はよくわからないが、彼は私やジュオルノが知らないなにかを知っているように見えた。確証がないから口に出せない。そんな雰囲気だ。

あの赤い呪いを取り払ったとき、あれは行き場をなくして戸惑っていた。

既にジュオルノを、彼の血統を呪った相手はこの世にはいないのだろう。それだけ古い呪いということなら、最初に呪われたのはジュオルノのひいおじいさんなのかもしれない。そのことを伝えるべきか悩んでいると、ファルゾーラさんが私を見つめてにやりと笑う。

「大変面白いサンプルをありがとう、巫女殿。研究のやりがいがある！」

ファルゾーラさんの大きな掌が私の手をぎゅっと握った。温かく少しかさついた感触はなんだかくすぐったい。見えたオーラは純粋な知への欲望を滾《たぎ》らせたきれいな色をしている。悪い人ではない。だから素直に宝石を託すこともできる。

ファルゾーラさんがジュオルノのお父さんとお友達だったのは本当で、真実を突き止めたい思いがあるのも嘘ではないが、純粋にこういう不可思議なことが好きな人なんだろうな。少しだけ楽しそうな笑顔になぜか救われた気持ちになった。

「なにかわかったらすぐに連絡しよう」

「頼みます。さぁ、用事は終わったよアイリス。行こうか」

気持ちを切り替えるようにぱっと明るい表情で私を見るジュオルノは、つい先日まで呪われていたとは思えないほどはつらつとしている。

いろいろと思うところはあるけれど、彼が元気なのはやっぱり嬉しい気がして、私もつられて笑い返した。


「すごいすごい！」

思わず私がはしゃぐのも仕方がない。

だって目の前には宝石のようなケーキがずらりと並んでいた。

「どれが食べたい？　好きなだけ頼んでいいんだよ？」

ジュオルノが連れてきてくれたのは、この街で一番のカフェ。たくさんの種類のケーキが自慢の店で、ショーケースには色とりどりのケーキ。

そこから好きな物を選んでいいと言われ、私は混乱の渦中だ。

「ええと、ええと」

頑張れば三つ、いや四つはいけるかな？　でも食べすぎたらお屋敷に戻ってごはんが入らない。あのおいしいごはんが食べられないのは悲しい。

どうしよう。自分で選んでいい、という状況が初めてで、どうしたらいいかわからない。孤児院では言わずもがな。教会でも基本つまみ食い一筋。こっそり働いているときはまかないを食べていたし、お給金は全部貯蓄していた。食べたら消えてなくなるものにお金を使うという概念がなくて、この状況に対して頭と心の処理が追いつかない。

「え、選べない」

涙目になってジュオルノを見上げると、なぜか掌で顔を覆って肩を震わせていた。あ、笑っている。ひどい。

「ジュオルノ様？」

咎める声で呼びかければ、ジュオルノは私から顔をそらしてしまう。肩も震えっぱなしだ。

そんなにおもしろいのか私の行動が。

頬を膨《ふく》らませてジュオルノをひと睨みした後、もう一度ケーキを見つめる。

「お決まりですか？」

「ええと、すごく迷っていて……」

「ならおすすめはコレとコレですね。あとこちらは、今日だけの限定です」

「わぁ」

限定と教えてもらったケーキは果物がたくさん載っていた。これは絶対に頼もう。

「……では、その三つをください」

ようやく落ち着いたのか、ジュオルノが店員さんに声をかけた。目元がちょっと赤いのは笑いすぎた名残だろうか。怒っているんだぞ、私は、と睨み返すが、ジュオルノの次の言葉ですぐに彼を許す気になった。

「他のケーキもすべて一種類ずつ包んでおいてくれるかな。持ち帰りで」

「ジュオルノ様!?」

「全部は食べられないだろう？　持って帰ってみんなと一緒に少しずつ食べるといい。エルダたちも喜ぶだろう」

「！」

なんて素敵な提案だろう。私では思いつかなかった。尊敬のまなざしでジュオルノを見つめると、なぜかまたジュオルノが手で顔を覆って顔を背けてしまった。

私ってそんなに面白い顔をしているのかしら？

窓際の眺めのいい席に案内され、ケーキと一緒にとてもいい香りのする紅茶をいただいた。

お屋敷で飲ませてもらう紅茶もおいしかったけど、こうやっておしゃれなお店で甘いものを食べながら飲む紅茶はすごく特別な気がする。きれいなお洋服を着せてもらって、まるで別の世界に来たみたいだ。

ケーキをすっかり食べつくして、幸せな満腹感に浸っていると、私をじっと見ていたジュオルノと目が合った。

この四日間、何度も見ているはずなのに、その瞳があまりにきれいで見惚れてしまう。

「よかった、喜んでもらえて。少しはお礼になったかな」

「そんな」

もういいの、と心が叫んだ気がした。

蓋の開いた箱の中がいっぱいで、もう本当にもう十分すぎていっぱいだ。そんなに感謝なんてしないでほしい。

ケーキで膨らんだお腹のせいだけではなく、胸の奥まで苦しくなってきた。

ファルゾーラさんのところで、ジュオルノからの感謝を受け止めたときから、なんだかちょっとだけ私は変だ。ジュオルノのところでお世話になっている間に感じていたもやもやがどんどん膨れ上がっていくみたい。

こんなに大事にされたことがないから、本当にどうしていいかわからない。

「あの、ジュオルノ様。もう本当にいいんです。十分です」

そう言った声は震えていた。

なにを喋ろうとしているのかわからないままに口が勝手に動いていく。

私の様子がおかしいことにジュオルノも気が付いたのか、優しそうな表情が少しだけ曇る。

違う、そんな顔をさせたいわけじゃない。

「どうしたのアイリス？」

「……あの日、ジュオルノ様を助けたのは本当に偶然なんです。もし、教会で会えていたとしても同じことをしたと思います。こんなにたくさん、いろいろしてもらうようなことじゃないんです。私のほうこそ、ありがとうございます」

「アイリス？」

今更ながらに自分の身に余る状況だったと気が付く。私があの日、教会から抜け出さなければジュオルノに出会うことはなかった。

いや、あの神官長ならばローザが解呪できなかったら慌てて私を呼び出しただろう。そしてこれまで同様に事務的に解呪をしただけで終わったに違いない。

だからすべては偶然で、感謝なんてしてもらうことじゃない。

「ジュオルノ様は感謝してくれますけど、私は本当に特別なことはできなくて、こんなに大事にしてもらうような身の上じゃなくて」

なにが言いたいのかわからなくなる。頭のよくない自分が急に情けなくてちっぽけに感じて瞼が熱くなってきた。

「ごめんなさい、私」

ぽろ、っとこらえきれなかった涙が出てしまった。

「アイリス!?」

ガタン、と音を立ててジュオルノが立ち上がる。

周囲からも視線を感じたが、涙が止まらない。気が付いてしまった。大事にされすぎて勘違いしそうになるのが怖かったのだ。いつかは出て行くのに、こんなに幸せな暮らしをしたら、前みたいな質素な暮らしができなくなるんじゃないかと。

不気味な白い髪をしたみすぼらしい私は、生きていられるだけで幸せだとずっと言われ続けてきた。だから厳しい孤児院の暮らしも、同じ巫女なのに使用人のように扱われる教会での暮らしも、辛いなんて考えてはいけないと思っていた。質素に穏やかに静かに生きるのが目標で。いつか誰も私を不気味だと指ささない場所で、自由になるために日々淡々と過ごした。いつしかそれに慣れすぎて、心に蓋をして生きていた。

その小さな目標すら踏みにじられそうになって、逃げだした私がこんなに大切にされてもいいのかなって、ずっと心に引っかかっていた。早く自立しなきゃって気持ちは急《せ》くのに、みんなで優しくするから。勘違いしそうになってしまう。ここを好きになったらどこにも行けなくなってしまう。

「泣かないで、アイリス」

ジュオルノがハンカチを差し出してくれた。

それは私が刺繍したハンカチだ。あまりに華やかで男性が持つには相応《ふさわ》しくないだろうと思いながらも、メイドさんたちにうながされるままに渡したとき、本当に喜んでくれたハンカチ。

また、なぜだか涙が出てしまった。どうしてそれを今持ってるの。

「言ったろう？　君には幸せになってほしいんだ。君は自分の素晴らしさに気が付いていないだけだよ。聖なる力だけじゃない。聖女候補だからじゃない。飾らなくて素直な君がいい子だから、皆君を大切にしたいんだ。これまでは居場所が悪かったんだよ。君は幸せになっていい。それだけのことをしてきたんだ。きっと僕以外にも君に救われた人はたくさんいる。今、その感謝をまとめて受け取っていると思えばいいんだよ」

なんで私を泣かすようなことを言うのだろうか。

うええん、と子供みたいに泣き出した私の頭を、ジュオルノの手が優しく撫でてくれる。ジュオルノが私に向けるオーラはやっぱりきれいな青と少しだけ萎れた花びら。

周りから「痴話《ちわ》げんかはよそでやれ！」なんて野次が飛んでくるけど、正直それどころじゃない。

ジュオルノに申し訳なくて、でも嬉しくて、私はせっかくのケーキの味がしょっぱい思い出にすり替わるほど泣いてしまったのだった。

真っ赤に目を腫《は》らした私と帰宅したジュオルノはエルダさんにめちゃくちゃ怒られた。「なにをしたんです！」というきつい追及にジュオルノは「なにもしていない！」と叫んでいた。

私は「違うんですうぅ」と言いながらも、優しいエルダさんに抱き寄せられてまた泣いてしまったから、勘違いを爆走させたエルダさんたちによって、ジュオルノは私との接触禁止を言い渡されてとてもショックを受けていた。

誤解を解きたかったけど、もう気持ちがぐちゃぐちゃで正直どうしていいかわからなくて、私は部屋に引きこもって、せっかく買ってきたケーキも食べずに、その日はそのまま眠ってしまった。

翌朝。明け方近くに目を覚まし、ぐずぐずとベッドでシーツにくるまって外が明るくなるのを待っていた。

泣きながら眠ったせいでよく眠れた気がしない。ずっとこうして過ごしていたかったが、ジュオルノに謝ってみんなの誤解を解かなければと、着替えもせずに眠っていた姿のまま、とりあえず髪型だけを整えて部屋を出る。

そうしたらエルダさんがすっ飛んできてくれた。

「あの、ジュオルノ様は？」

「アイリス様。大丈夫ですか？　坊ちゃまもあれからずっと落ち込んだ様子で……」

　さすがに怒りすぎたと思ったのか、エルダさんも心配そうな様子だ。

　エルダさんに、ジュオルノは悪くない、話をさせてほしいと頼み込み、ジュオルノの部屋へ案内してもらうと、なぜか他のメイドさんたちもぞろぞろついてくる。皆の視線を背中に感じながら控えめなノックをして呼びかければ、すごい勢いで扉が開いた。

「アイリス!!」

　飛び出してきたのは、目元を涙で腫らした私以上にひどい顔をしたジュオルノ。

「大丈夫かい？　すまない。君を泣かせるつもりはなかったんだ！」

　眠れていないのか、目の下にはくっきりクマができているし、顔色も悪い。

　きれいな金髪や瞳の色もくすんで見えた。私が泣いたことで彼を傷つけてしまったのだと私は慌てて、その腕を摑んだ。

　私が触れた瞬間、ジュオルノは一瞬身を固くしたけど逃げないでいてくれた。

　予想どおり、オーラはどんよりと青っぽい鈍色。白銀は消えていたが、萎れた花びらは健在だ。

「ちがうの。ちがうんです、ジュオルノ様」

　必死で押し隠していた自分の弱さに気が付いて泣いてしまっただけで、ジュオルノは全然悪くない。むしろ大事にされすぎて怖くて素直に受け取れなかったことが申し訳なかった。情けない自分が恥ずかしかった、ジュオルノやここの皆が大好きだと伝えた。

私のたどたどしい説明に、ジュオルノを責めるようだった屋敷の皆の顔がだんだんと「しまった」という顔になっていく。

それと比例するようにジュオルノの表情やオーラはどんどん鮮やかさを取り戻していき、私が大好き、と口にした瞬間、ぶわっとピンクの花びらが舞い散って、彼の顔が見えなくなった。

花吹雪に圧倒される私の手を、今度はジュオルノが優しく握り返してくれた。

柔らかくて温かくて大きな手。

「アイリス」

私を呼ぶ柔らかな声音で唐突に気が付いた。

なぜ今、と思ったが、閃《ひらめ》いてしまったのだ。

この花びらは「好意」。それも、恋とか愛とか、そういう、深くて柔らかくて温かくて湧き続ける、止まらない咲き乱れるような気持ち。

つまり、ジュオルノは、私を…………。

ぼん、と体中の血液が顔に集まって弾けた気がした。

顔が熱い、恥ずかしい。え、嘘だ、そんなの。急いでジュオルノの手を離せばオーラは消える。当然花びらも。だからはっきりと真正面から見てしまった。ジュオルノの顔がほんのりと赤くて、でも嬉しそうに微笑んでいるのを。

「アイリス」

甘く、まるでお菓子のように蕩《とろ》けた声で名前を呼ばれると、これまでの日々と、彼の態度がまるで走馬燈《そうまとう》のように脳内を駆け巡って、泣きすぎて寝不足の私の身体と頭はオーバーヒートし、その場にぶっ倒れてしまったのだった。

◇

「大好き」

それは親愛の言葉だとわかっていても、僕の心臓を打ち抜くには十分すぎる言葉だった。

すごく身勝手な欲求でアイリスをここに留めている自覚はあった。彼女が貴族の屋敷で暮らすことに息苦しさを感じているのには、なんとなく気が付いていた。

アイリスはいつも少しだけ冷めた顔で僕や周りを見ている。まるでいつでもここを離れる覚悟があるような雰囲気で。だから目を離したらどこかに消えてしまいそうな儚さがあった。

でもどうしても手放したくなかった。冷静なようで無防備で、純粋で素直で強い意思があるようなのに、押しに弱くて優しくて。手を離したら二度と捕まえられないのではないかという焦燥感《しょうそうかん》さえあった。

外に連れ出したのはその息苦しさを和らげたかったからだ。危険は承知の上だが、どうしても彼女に笑ってほしかった。

幸いなことにこの街は僕が管理する地区であり、知らない場所はない。アイリスにわざわざ説明はしなかったが、行く予定の場所は事前にしっかりと警備させている。

呪いのことも含め、彼女には外の世界を知ってもらいたかったし、ファルゾーラに彼女を会わせておきたかった。教会から逃げたアイリスの助けになるかもしれなかったから。彼は少し変わっていて魔術師の中でも特異な存在だが、それゆえに教会に悪感情もない。だから彼女が聖女候補の巫女と知っても態度を変えず助けになってくれるとわかっていた。変わり者ではあるが、父の友人で信頼のおける人。僕や父の体調をずっと気にかけてくれていた。

倒れる前に会って以来、連絡も取れていなかった。安心させたい思いと、家宝の宝石についても早急に相談しておきたかった。父の死を、彼もずっと悔やんでいたから。

でも、アイリスはファルゾーラに会った後からちょっとだけ様子がおかしかった。なんだかそわそわしているというか。

もしかして、あれくらい年上が好みなのだろうかと少し不安になった。

ケーキに喜ぶ彼女はどこまでも可愛くて、連れて来てよかったと思った。にこにこと甘味を味わう姿は、こちらのほうが満たされるような幸せそうなものだった。なのに。

泣かせてしまった。なにが悲しかったのかまったくわからない。ほんの少し前までケーキひとつに大喜びしていたのに、突然、この世の終わりのような顔をして。

しきりに、もういい、大丈夫だから、と繰り返す細い肩は痛々しいほどに震えていて、彼女を追い詰めたのが僕だと考えるだけで胸が潰れそうだった。

必死で言葉を紡いで慰めようとしたが、慌てすぎて自分がなにを言ったのかさえ曖昧だ。

屋敷に戻っても泣き止まないアイリスの姿に、あらぬ誤解をしたエルダたちにさんざん叱られた。別に不埒なことなどなにもしてはいない。

そりゃ、二人きりになる機会があれば、と少しは距離が縮まることを期待していたけど、泣きだしたあの子になにかできる勇者がいるのならば会ってみたい。

真っ白なまつ毛からこぼれる涙は宝石のようできれいだった。普段、少しだけ斜に構えていつも落ち着いた表情をしている彼女が、子供のように泣いている姿というのはとても新鮮で衝撃的だった。でも僕は理性ある男だ。アイリスの肩を抱いて、ただひたすらに落ち着かせるために頭を撫で続けたのだ。褒めてほしい。

アイリスの泣き顔が頭に焼きついて眠れない夜を明かした。もしかしたら明日にはアイリスがどこかに行ってしまうのではないかという恐怖で目の前が真っ暗になりそうだった。

翌朝、そんな僕にアイリスは必死で声をかけてくれる。感謝していると。泣いたのは自分の弱さだと。そして言ったんだ、「大好き」と。

それは僕だけに向けられた言葉ではなかったが、都合のいい僕の耳は、彼女が告げた心地よい言葉だけを記憶に焼きつけた。顔に熱が集まるのがわかる。彼女への気持ちがはっきり恋なのだと気が付いた。力を持つ巫女への執着や気の迷いではない。

可愛い、恋しい、愛しい。そう、むしろこれは愛なのかもしれない。

彼女を独占したい。ここにずっといてほしいという執着心はまだある。だがそれ以上に、彼女に微笑んでいてほしい。彼女を幸せにしたいという気持ちが膨れ上がって僕の胸を苦しくさせた。

「アイリス」

それを伝えたくて名前を呼んだ僕の前で彼女が白目を剝いて倒れたのだから、たまったもんじゃない。

抱きとめる腕が間に合わず、アイリスの細い身体はぱったりと落ちる。僕だけではなく周りのみんなも大慌てでだ。急いで抱き上げれば、あまりの軽さに驚いた。細い身体は抱きしめたら簡単に折れてしまいそうだ。急いでベッドへと運び医者を呼ぶ手はずを整える。

仕事に行っている場合じゃないと、今日も休暇だとの伝令を飛ばしたのだった。

◇

アイリスが教会から消えて五日が過ぎ、神官長は見るからに憔悴《しょうすい》していた。

聖女候補たちの一部は心を入れ替えて日々の勤めや身の回りのことを始めたが、所詮は付け焼刃だ。ぎこちない祈りとずさんな家事で彼女たちはすっかり疲れた様子で、アイリスがいたころの清廉さや気高さはない。

それにローザをはじめとした貴族出身の娘たちの高慢さが目に余る。やれ、なにが足りないだ、なにをしてほしいだのと祈りもせずに要求ばかり。聖女となるにふさわしい乙女だとばかり思っていた聖女候補たちがこんなにも欲深いとは神官長は思ってもみなかったのだ。

そして他の巫女や神官たちの不満も募る。アイリスが抜けたことにより、彼らの負担は増えたにもかかわらず聖女候補たちは役に立たない。治癒や祈祷、加護札の効果がないとの苦情も多い。彼らは神官長に現状の改善を要求するが、神官長もそれどころではない。

教会に満ちていた聖なる力が日に日に弱まっていることを如実《にょじつ》に感じ取っていたからだ。もうすぐ女神様が降臨し、聖女を選定する儀式が近いというのに、このままではその儀式すらままならないのではないかという危機感が募る。

金と利権に汚れた彼であっても、女神の神託を受け神官となった身。まずい、と僅かに残った理性が叫びはじめていた。

「もしや、いいや……でも、まさか……」

聖女はローザだと神官長は決めてかかっていたのだ。

なぜならば彼女は伯爵家の娘で、数代前の聖女の血を引いている。他の貴族出身の巫女たちもたどれば聖女の血を引いてはいるだろうが、濃さならばローザが一番だろう。

聖女は血によって受け継がれている。これは知る人ぞ知る聖女の条件だと神官長は前任の神官長から聞かされていた。事実、記録に残されている聖女たちは遡《さかのぼ》れば必ず先祖に聖女の血統があった。恐らくは初代の聖女と呼ばれた、女神が人間との間に産んだ娘の血統が女神の加護を受ける鍵なのだ。

だから、平民であり不気味な白い髪をした娘など聖女の血を引いているわけがない、と。よしんば貴族の落胤《らくいん》であったとしても、上級貴族の子供である可能性は限りなく低い。ローザ以上に聖女の可能性が高いはずはない。

女神は気まぐれだ。不遇な身の上の子供を憐れみ強い聖なる力を授《さず》けることもあり、事実そういう巫女も何人かいる。

アイリスもそういう類だと信じていたのに。淀んでいく教会の空気に、神官長はあってはならない考えで頭がいっぱいだった。

女神様は聖女を通じ、豊穣をもたらす。そして、聖女たちをないがしろにすれば禍《わざわい》にさいなまれ、深い呪いに蝕まれるとされていた。

「もし、もし本当にあの娘が……」

背中を流れる冷たい汗の感触に、神官長は身震いをした。

そんなわけがない。そうだとしたらこれまで信じてきたなにもかもが音を立てて崩れていってしまう。

「いいや。しかし、もしそうであったとしても、まだ、まだ間に合うはずだ」

しばらくは参拝を禁じ、聖女選定の儀式に備え全ての神官や巫女で祈りを捧げれば聖なる力も高まるはずだ。そして、どんな手段を使ってもアイリスを連れ戻す。そうすれば全てが丸く収まるはずだ。

神官長は机の引き出しから金貨の入った袋を取り出し、二つに分けた。ひとつは男爵に返すための金。もうひとつを麻袋に入れると、信頼している神官の一人を呼びつけた。アイリスの身代わりになる娘を探し出した男だ。荒事をこなしてくれる者たちを探し出すのも容易であろう。

儀式まであと二日もない。なんとしてでも探し出せと叫ぶ神官長に、神官は金を受け取りながらうやうやしく頷いた。金を抱えた神官は着替えると素早く外に抜け出す。人通りの少ない裏道をたどり、そういう類の人間が出入りする場所に向かった。

その後を、じっとついていく人影に気が付きもせずに。

◇

目が覚めたら全部夢だったりしないかな、と思って目を開けたけれど、私は相変わらずふかふかのベッドで寝ていた。

思い出すのは気を失う瞬間に見てしまったジュオルノの青い瞳。真っ直ぐに私を見つめるきれいな顔が焼きついて離れない。

「いや、いやいやないでしょ！」

だってあちらは貴族様。私は天涯孤独の逃亡巫女。もしかして私の祈祷の影響でなにか勘違いしてしまっているのではないだろうか。危険な橋を一緒に渡るとドキドキして恋愛と勘違いするとかそういうのと一緒で。そうだ、そうに違いない。

「そうよ、絶対にそうよ」

「なにが絶対なの？」

「ひえぇぇっ」

誰もいないと思っていたのに、ジュオルノが部屋の中央にあるソファに座っていた。

あなた、いくら私が客人だからって女性が寝てる部屋にいるってどういうことですか、と突っ込みたいけど混乱しすぎて言葉が出てこない。

あたふたする私をよそに、ジュオルノは優しい笑顔を浮かべ、こちらに近寄ってきた。朝、顔を合わせたときよりもずっと顔色がいい。むしろつやつやしている気がする。きれいな顔を真正面から見ていられずに視線が泳いでしまう。

「よかった。気が付いたんだねアイリス」

「ジュ、ジュオルノ様……お、お仕事はどうされたのですか？」

窓の外は日が高い。昼が近いのだろう。きれいで暖かな室内は穏やかな空気なのに、私一人が慌てふためいている。

「君が倒れたのに仕事なんて行けるわけないじゃないか。どこか痛いところはないかい？」

熱を測ろうとするかのように私に手を伸ばしてくるジュオルノから思わず身を引く。だって、また触れてオーラが見えて、あの花びらが見えたらどうしよう。思い出すだけで顔は熱いし、心臓が痛くなる。

「アイリス？」

避けられたことにジュオルノが悲しそうな顔をするものだから、良心が痛む。私が悪いことをしているわけではないのだけれど、勝手に彼の気持ちがのぞき見えてしまうのが今はどうしてもだめだった。

「だ、大丈夫ですから」

十六年生きてきて、そういう意味で人を好きになったことなんてないし、人に好きになられたこともない。だから、本当にわからないのだ。どうしたらいいかが。

ジュオルノのことはいい人だと思うし素敵な人だと思う。でも私にそんな気持ちを向けてもらっても、私は応え方を知らないのだ。

「本当に？　医者の見立てでは疲労ということだったけれど。どこか痛いところはないかい？

ファルゾーラに来てもらって治癒魔法をかけてもらおうか？」

「お、お医者様まで呼んでいただいたのに、そこまでしてもらわなくても!!」

「いいや、君になにかあったらと思ったら気が気じゃない。僕が心配なんだよ」

うう、愛が重い。いや、愛だって認めちゃだめだって！　私、しっかりしろ！

「もう本当に大丈夫ですから！　き、昨日、泣いて困らせたから、眠れなくて……本当にもう大丈夫ですから、お仕事に行ってください……」

最後のほうは我ながらか細い声だ。もうジュオルノの顔もまともに見られない。どこまでも
私に優しく甘い彼にこれ以上そばにいられたら、心臓どころか心がもたない。うう。

「僕がそばにいるのは迷惑かな？」

「迷惑だなんてそんな！」

「では今日は一日君のそばにいるよ。君が安心するまで」

いえいえいえいえいえいえ。むしろそばにいられると安心どころか動悸息切れ発汗作用があるので、お願いですからどっか行ってください。

しかしそんなことは言えるわけもなく、私は心配そうなジュオルノの視線から逃げるみたいにシーツに潜《もぐ》り込んで、誰か助けて！　と心の中で叫んだ。

そしてその叫びを汲《く》み取ってくれたのは、やはりというかエルダさん。様子を見に来てくれただけではなく、居座っているジュオルノを「坊ちゃまがおそばにいたら休めないでしょう！」と叱り飛ばし部屋から追い出してくれた。もう私、エルダさんの子供になりたい。

「まったく坊ちゃまは……！　アイリス様、大丈夫でしたか？　昨日はあんなに泣き腫らして、

今日は倒れて。私たちは心臓のつぶれる思いでしたよ」

私の額に手を当て顔色を確認するように顔を寄せてくるエルダさんの瞳も手の温もりも優しいオーラも本物だ。

もう涸《か》れたと思っていた涙が、じわりと腫れた目元を濡らすのがわかった。優しくされたらどうすればいいかずっとわからなかった。

でも今は、この温もりに甘えたいと思ってしまう。

「エルダさん……！」

私は生まれて初めて人に自分からしがみついた。

温かくて柔らかくていい匂いがした。

そして、本当にエルダさんの子供になったみたいにえんえんとまた泣いた。エルダさんは私の頭を優しく撫でて「大丈夫ですよ」と言ってくれたのだった。

泣きつくしてようやく落ち着いた私は、エルダさんに昨日のことだけでなく、きちんと自分から身の上についても話をした。

孤児院や教会で生きているだけで幸せだと、選ばれたからには役目を果たす義務があると自分に言い聞かせて生きてきたこと。

あと少しで自由になれるはずだったのが踏みにじられそうになって逃げ出したこと。

偶然ジュオルノを助けただけなのに、それを感謝されることに慣れなくて受け止められなくて、早くここから出なくちゃとずっと焦っていたこと。

でも、魔術師さんに自信を持てと褒められ、ジュオルノの感謝をようやく素直に受け止められたこと。

甘えたり頼ったりするのが怖くて、逃げることばかり考えていた自分に気が付いて泣いてしまったこと。

あっちにいったりこっちにいったりとまとまりのない話なのに、エルダさんはうんうん、と私の気持ちを全部聞いてくれた。

そして語りつくしてすっかり落ち込んだ私をぎゅっと力強く抱きしめてくれた。

「アイリス様。この世の中に不幸になっていい人なんていないのですよ。坊ちゃまもたまにはいいことを言いますね。きっと、ご存じなかっただけで、アイリス様は巫女としてたくさんの人を救われてきたのだと思います。あんなに辛そうだった坊ちゃまが元気になったことで、私たち使用人がどれほど喜んだか。苦しむ人々だけではない、その家族もアイリス様は救ってきたのです。その分の感謝を私たちが返していると思ってくれても構いません。でも」

エルダさんは、ひと呼吸おいて私に優しく微笑みかける。

その笑顔は私にはまるで女神様のように見えた。

「なにかしたから大事にするなんて損得勘定だけで人は動きませんよ。私たちはアイリス様が好きなのです。確かに坊ちゃまを救ってくれたことには感謝しています。でもこんなに可愛らしくて素直なお嬢さんが、痩せて行き場がないというのを助けて大事にしたいということになにか理由が必要ですか？　アイリス様さえよければ、ずっとここにいてください」

ふえ、とまた泣きそうになるから勘弁してほしい。

「さ、少しお休みください。坊ちゃまには絶対部屋に入らないように言っておきますから。お腹が空いたころに起こしに来ますね。また倒れたりしたら怒りますよ！」

ちょっと強引にベッドに沈められ、シーツを掛けられる。

ぽんぽん、と優しいリズムで胸の辺りを叩かれると、身体の力が抜けて瞼が重くなっていく。

本当にいいの？　とエルダさんを見つめれば、お母さんみたいな笑顔が返ってきた。優しくて厳しくて温かい。

やっぱりまた泣きそう、と涙を我慢するつもりで閉じた瞳は眠気に負けて開かぬままに、私はすごく穏やかな気持ちで眠りの国へ落ちていった。

夕方、ようやく目を覚ますとそのタイミングを見計らったかのように温かいスープを持ったエルダさんが部屋に来てくれた。

スープでお腹を満たす私を見守った後、血色の戻ってきた私に安心したように微笑んでまた抱きしめてくれる。そして次から次にメイドさんたちがやってきて、代わる代わる私を心配してくれた。ずっと息苦しいと感じていた私だったけれど、彼女たちのオーラは嘘を吐いていない。大事にされることを怖がりすぎて、勝手に不安に襲われてしまっていたのだと再認識させられた。

ジュオルノの姿が見えないので、どうしたのか聞いてみたら、あの後エルダさんに追い立てられて仕事に行ったらしい。家にいたら私のそばから離れたがらずに、絶対に負担になるからって。ちょっとだけジュオルノに申し訳ない気持ちになるが、正直助かった。

彼がどうして私を好きになったのか正直さっぱりだ。白い髪は老人のようで不気味だし、身体だって女っぽさのかけらもないひょろひょろだ。顔は……まあ、普通だとは思う。

美しさで言えばローザは自信を裏づけるようにとてもきれいだ。気の強そうな顔立ちでいつも薄くお化粧をしていた。まるで物語に出てくるお姫様のようだといつも思っていた。

私は化粧品なんて持ってないし、街でこっそり働いているときも、かつらを被って目立たないような服でうろちょろしていたから男の子に間違われることすらあった。

だから男の人からちょっかいを出されたこともなかったし。本当に私でいいの？　みたいな申し訳なさがこみ上げてくる。やっぱり助けてもらった恩義からの思い込みかな？　でも、あの瞬間見た大量の花びらは……。

「うう」

考えれば考えるほどに恥ずかしくて顔から火が出そうだ。

夕方になってようやくベッドから出ることを許された私は、服を着替えそっと部屋から出てみる。屋敷の人たちはみんな優しく私に微笑みかけてくれ、回復を喜んでくれた。昨日までは早くここを出なくては、と思っていたのが嘘みたいにくすぐったい居心地のよさだ。

会う人会う人に心配をかけたことをお詫びして、お礼を言った。優しくしてくれて、大事にしてくれてありがとう、と。皆、ちょっとだけおどろいて「当然のことをしたまでだ」と逆に少し困らせてしまった。なんだかとってもくすぐったい気持ちだった。働いていたとき、初めてお給料をもらったのとおんなじくらい、ドキドキした。

「アイリス！」

まだ帰宅予定よりはずいぶん早いのにジュオルノが帰ってきた。少し乱れた前髪から急いで帰ってきたのがわかる。早足で私のそばに駆け寄る姿はまるで大きな犬みたいに見えた。

「ああよかった。いてくれたんだね」

「ジュオルノ様……」

仕事に行っている間に私がどこかに行くんじゃないかと心配だったと告げられて、胸の奥がきゅんとなった。

いやいやいや。いくら自分に好意を向けてくれていると気が付いたからって、そんな、私、どれだけチョロイのよ、と突っ込みたくなる。すぅはぁと一人深呼吸をして気持ちを落ち着けながらジュオルノを見上げれば、青い瞳が優しく微笑む。

「もう起きて大丈夫なのか？　まだ休んでいたほうがいいんじゃないのか？」

「だ、大丈夫ですよ……」

「食事は？　なにか食べたいものはあるかい？」

ものすごく過保護なお父さんみたいなことを言っている。

焦っているような慌てているような表情がなんだか子供みたいだ。いろいろな提案に私が首を横に振るたびに、ありもしない尻尾と耳がしゅんと垂れ下がっていくように見えた。

だめだ、もう大型犬にしか見えない。

笑いそうになる顔をきりりと引きしめ、私はジュオルノをまっすぐに見つめた。

「本当に大丈夫ですから。ジュオルノ様、ご心配をおかけして本当にすみませんでした。それと、今日まで本当にありがとうございました」

ぺこり、と頭を下げておく。これはけじめだ。なんだかんだと押し切られて滞在を決めて、そのくせ、勝手に息苦しさを感じながら、皆からの優しさに素直に甘えられなかった私のけじめ。

「アイリス？」

顔を上げると、なぜだかジュオルノの顔色が悪い。なんだかこの世が終わったみたいな。

「ジュオルノ様？」

「そんな……ここを、ここを出て行くというのか！」

さっきまでの過保護な口調はどこへやら、ちょっと怒った口調のジュオルノがどんどん私に近寄ってくる。

その勢いに押されて私は二歩ほど後ろに下がるが、ジュオルノはその倍、私との距離を詰めてきた。

「あ、あの」

「だめだ。まだ聖女選定の儀式は終わっていない。教会の連中がどんな手段を使って君を捕まえに来るかまだわからないんだぞ？　君はここにいなきゃだめだ」

ぐっ、と痛いくらいに腕を掴まれて、ちょっとだけその迫力が怖い。

爽やかな青に怒りの色が混じる。

それでも花びらは健在なので目に毒で、追い詰められているのに、どうしても嫌だとは思えない。

どうした私、しっかりしろ。

「べ、別に出て行ったりしません!!」

思いがけず大きな声が出てしまった。この流れで黙っていたら、最初のときと同じで押し切られてなあなあになってしまう。それだけは絶対に嫌だ。

「え……？」

私の腕を掴んでいるジュオルノの手が緩む。

オーラから怒りの色が消え、花びらの量がふわりと増えていく。

「これまで、その、ちゃんとお礼も言わずにお世話になってたのに気が付いて……それで、お礼を言っただけです」

「そう、なのか」

「そう、です」

なんだか気まずい雰囲気。ジュオルノは誤解が解けた後もなぜか手を離してくれない。そのせいで、舞い散る花びらにどんどん埋もれている。顔が見えないのはありがたいけど、花びらの意味を知った今、逆に恥ずかしい。

「ジュオルノ様や皆さんさえよければ、もう少しお世話になりたい、です。教会が怖いのもあるし、私、やっぱりまだまだ世間知らず、だから」

孤児院で逞《たくま》しく育ったつもりで、教会からも抜け出して働いていた自分は、どこでも生活していけると思い込んでいた。でも、気が付かされてしまった。自分の弱さや脆《もろ》さを知った今では、外で誰かとかかわるのはまだ少し怖い。

オーラで感情が読めたとしても、自分がどうしたいのかが急にわからなくなった迷子のような状態はきっと、よくない。

「……アイリスが望むなら、いつまでだってここにいていいんだよ」

さすがにそれはだめだろう、と思いつつも、とりあえず笑顔を返しておく。

「いつまでアイリス様の腕を摑んでいるつもりですか？　早く着替えてきてください。お食事が冷めてしまいますよ」

助け舟を出してくれるのはいつだってエルダさん。ジュオルノは名残惜しげに腕を離してくれた。同時に花びらが消えて、私を見つめるジュオルノと目が合う。本当に今更だけど、美形だなって思う。私なんかとは全然釣り合わない。そう考えたとき、なぜか少しだけ胸の奥がチクチクした。

翌日からは、私はエルダさんたちに頼み込んでメイド服を借り、お屋敷の仕事を手伝わせてもらうことにした。なにもしなくていいとは言われたけれど、やっぱりなにもしないのは私の性に合わないし、みんなと一緒に掃除をしたり洗濯をしたりと仕事をするのはやっぱり楽しい。

大きなお屋敷で使用人の方がたくさんいるので私ができることは少ない。けれど、少しでも役に立てていると思うとずいぶんと心が楽だ。

ジュオルノはやはり家を出るときには私の手を取って名残惜しげだ。顔が見えなくなるほどの花びらを見るのは心臓に悪いけど、少しだけ慣れた気はする。私を見る青い瞳はどこまでも優しい。

なにもすることがない時間は刺繍をしたり、ジュオルノから借りた図書館の鍵を使って本を読んで勉強をした。おかげで、教会にいるときは誰も教えてくれなかった、聖女信仰の成り立ちや女神様について知ることもできた。

聖女とは、この世界を司る豊穣の女神の加護を受けた女性。これはこの国に生きる者なら子供でも知っているお話だ。

だが、その聖女がどうやって生まれたかと聞かれればよく知らなかった。聖女様が亡くなると女神様が教会を通じて神託を下し、私のような聖女候補が教会に集められる。

候補は巫女となり教会で祈りを捧げ聖なる力を高め、身体が成長し加護を受け取れるころに儀式を行えば、女神様が選定のために再び降臨し、選ばれた巫女が加護を与えられ、正式に聖女になるのだという。

子供心にそんな手間暇をかけなくても『はい！　あなたが聖女！』みたいにすぐ決めてくれればいいのにと思っていたが、いろいろと女神様にも事情があるのだろう。

図書室には聖女に関する本が何冊もあった。先々代に聖女様がいる関係だろうか。女神様と聖女について書かれている一番厚い本にはこう記されていた。

この世界ができて間もないころ、人々は僅かな大地の恵みをめぐって長い間争っていた。豊穣を司る女神はそれを悲しんで姿を消し、人々の暮らしはさらに困窮を極めた。女神は自らの力を封印し、人里離れた場所での生活を選んだ。

しかし、あるとき一人の人間と恋に落ちる。その人間の優しさに触れ、人が争うだけの生き物ではないことを知った女神は、再び人々の前に姿を見せる決意をした。女神は神域に戻る際に、その人間との間に生まれた娘に加護を与えた。

それが初代の聖女。

女神は聖女を通して、人々に恵みを授けると告げた。人々は半信半疑ではあったが、事実聖女が現れて以後、国は豊かになった。

以来、女神に愛された娘が代々聖女となりこの国を支えてきた。


書物にはそんな古い伝記から、初代の聖女が王妃になったのを始まりに、後の聖女のほとんどが王家や王家にまつわる家と縁付いていることが記録されていた。そしてすべての聖女が貴族出身であることも。ゼビウス家に嫁いだ先々代の聖女様はもとは伯爵家のお嬢様だと書いてあった。ローザと一緒だ。

ふと気が付く。歴代の聖女様って、もしかして初代の聖女様の子孫なんじゃないの？

それならなにもかも納得がいく。次の聖女はローザで決まりだろう。彼女は貴族だ。先祖に聖女がいてもおかしくない。教会の人たちがローザが聖女候補だと言ってはばからなかった理由はこれか。

一方、私は孤児だ。聖女の血なんて流れているわけがない。孤児院仲間には自分は貴族の子供だと吹聴する子もいたが、本当に貴族の血が流れていれば孤児院に捨てられていないと私は思う。それに、こんな白い髪をした貴族なんて聞いたこともない。

万が一、もし逃げた私が聖女ならどうしようと思っていた気持ちが軽くなる。なーんだ。

じゃあ私は自由を謳歌してもいいじゃない、と。

気が付けば、あっという間に一週間がたった。この短い間で心だけではなく、身体もかなり変化した。

補正してもらってもあちこちガバガバだったワンピースが気持ちぴったりとしてきた気がするし、梳《す》くのに時間がかかっていた髪はメイドさんたちに念入りに手入れをされてサラサラだ。肌艶もよくなったし、肉が付いたわりには身体もなんだか軽い。

もう教会を逃げだしてから一週間になるのか、としみじみとした気分だ。

今日は聖女選定の儀式だ。本来なら私も参加していたのかと思うと感慨深い。

ジュオルノは来賓として儀式に出席しなければならず、早朝から出かけていった。

終わったらすぐに戻るからと妙に真剣な顔で言われて、危ないので今日が終わるまでは絶対に外に出てはいけないとも何度も言われた。

私は聖女ではないし、今更連れ戻しには来ないだろう。

逃亡という大きな罪を犯した私は神官長のもくろみどおり、今では廃棄の烙印《らくいん》を押された廃棄巫女だろう。それが知られれば、女神様を信仰するこの国では肩身の狭い思いをすることになるだろう。二度と教会に行くこともできない。

でも私はそれでいいと思っている。教会にかかわらなくても生きていく手段はあるし、ここでたくさん勉強させてもらえば、なにかやりたいことも見つかるかもしれない。

今は時間があるからと庭先のテラスで執事のベルトさんに勉強を教えてもらっている最中だ。頬や髪を撫でる風が気持ちいい。お花がたくさんあって、すごくきれいなお庭にいるだけで心地いい。

読み書きも計算も最低限のことしかできない私にはまだわからないことだらけだけれど、この先、しっかりと世の中で生きていくためにはいろいろなことを知らなければいけないし。

そうベルトさんに鼻息荒く伝えたらなぜか苦笑いされた。

「あまり急ぎすぎなくてもよろしいんですよ。ゆっくりと学んでいきましょう」

「でも」

「アイリス様が頑張りすぎると、旦那様が悲しみますから」

「ジュオルノ様が？」

「アイリス様がいろいろなことを学ばれてすぐに自立してしまうのではないか、と」

どう受け止めていいのかわからない言葉だ。

ジュオルノには、私はいつまでも庇護すべき存在でいてほしい気持ちがあるのかもしれない。

でも私はそんなのは嫌だ。しっかりと自分の足で立てる存在になりたい。

きっと彼が私に向ける好意にはそういうペットを可愛がるような気持ちもある気がする。どんどん勉強して自立してたくましくなったら、もしかしたら恋の熱が冷めてくるかもしれない。

「…………」

ほんのすこーしだけ寂しい気がするけど、そのほうが絶対いい。

だってどんなに想ってくれても私は廃棄巫女で孤児院育ちだ。貴族のジュオルノと結ばれることがないことぐらい知っている。

ジュオルノは誠実でいい人。私が彼の気持ちに応えたら、彼は私のために家名を捨てるとも言い出しかねない。そんなのは嫌だ。だから、私は彼を好きになっちゃいけない。

うんうん、と決意も新たに頷きながら、私は勉強へと意識を戻していった。


「そろそろ休憩にしましょう。エルダに昼食の準備ができたか聞いてきますね」

「はい」

ベルトさんが屋敷に戻っていくと一人きりだ。

とはいえ、少し向こうには庭仕事をしている庭師さんもいるし、屋敷のほうにはメイドさんの姿が見える。

一人だけど孤独ではない時間。暖かくて心地いい場所。うーんと背伸びをして気分転換にと席を立った。少しだけ庭に下りて、散策してみる。広い庭には様々な種類の木々が植わっていて、まるで公園のようでもある。庭の外れにあるきれいな赤い花が咲いた花壇に近寄り花を眺めていると、人影が太陽の光を遮ったのを感じた。

ベルトさんが呼びに来たのか、庭師さんが挨拶に来たのかと振り返るが逆光でその人の顔は見えない。

「こっ……ぐっ……!!」

挨拶をしようと開いた口に、なにか柔らかいものが押し当てられる。

鼻を突く薬品の匂い。ぐらりと視界が揺れて身体の力が抜けていく。

（だれ……？）

声も出なくなった私は、すがるように花壇に手を伸ばし、花びらを握りしめながら意識を失っていった。

◇

ジュオルノは教会の門をくぐりながら、なんとも言えない不快感を味わっていた。

（ここが、アイリスをないがしろにしていた場所か）

二度目なので新鮮さはなかったが、初回はとにかく楽になりたい一心だったのでよく確認してはいなかった。建物は大きく豪華だ。女神様を信仰する教会の総本山なだけはある。神官や巫女たちは清廉で普通の教会とあまり変わりない。

準備ができるまで待つように案内された広間には王家の人々や、自分同様、王家や聖女の血を引く上級貴族の面々がそろっていた。

自分の登場で色めき立ち、様々な思惑のまじりあった視線を向けてくる貴族たちが煩わしいと思うが、役目は果たさなければならない。

視線を振り払うように、この場で最も上位の存在である国王陛下のもとへ向かう。

「陛下。ご無沙汰しております」

「おおジュオルノではないか。息災《そくさい》であったか」

「はい」

以前に会ったときよりもずいぶん痩せたように思う。

しかし表情は穏やかだ。つい先日、仲の悪かった隣国との協議がようやくいち段落ついたところだ。戦が避けられたという安堵があるのだろう。

陛下は優しく真面目ではあるが、だからこそ腹の探り合いのような外交はどうしても苦手な部類の人なのだ。ゆえに聖女を亡くした我が国に付け入るような外交を繰り返してきた周辺諸国との調整はずっと頭の痛い問題だった。

それがいち段落ついた今、この儀式で無事に新たな聖女が誕生すれば、先代の聖女が亡くなったことでやせはじめていた国土は再び豊かになり、憂いは全て取り払われると国王陛下をはじめ皆が信じていた。だからこそこの儀式にかける思いは強い。

本来ならば教会の関係者のみで執り行われる儀式も、今回は陛下のひと言で王家や上級の貴族が同席することになった。

閉鎖的な教会がよく許したなと話を聞いたときは驚いたが、今回、聖女候補になっている巫女たちに貴族令嬢が多いということも一因だろう。

聖女に選ばれれば、ある意味では陛下よりもこの国では権威を持つことになる。

儀式に不正があったと騒がれるくらいならば、同席させたほうが後々面倒ではないと教会も判断したのだろう。

「身体を壊していたと聞いていたが、顔を見て安心したぞ」

「はい」

「お前の父が早くに逝ったときはどうなることかと思ったが、その様子ならば大丈夫のようだ」

「いろいろとご心配をおかけしました」

「よいのだ。お前が息災であれば姉上も喜んでいるだろう」

僕の祖母は陛下の年の離れた姉。だから陛下はいつも僕を案じてくれる。

母を早くに亡くしたこともあり、父が健在のころはよく城で過ごしていた。おかげで王城は僕にとって第二の故郷のような場所だった。家を継ぐまでは国の仕事にかかわってほしいと望まれていたのが懐かしい。父の急死を含め、いろいろなことをずいぶんと気にかけてくれていた。

「陛下のお気持ちにはいつも助けられています。その、儀式の後でいいので少しお話を聞いていただくことはできますか」

「ん？　そうだな、すぐにとは言えぬが他ならぬお前の頼みだ。時間を作ろう」

「ありがとうございます」

聖女が正式に決まってしまえば、アイリスへの処置は陛下に頼めばなんとかなるだろう。問題は王命で聖女候補たちの保護を任されている教会が、候補であるアイリスが出奔《しゅっぽん》したことをどう隠し通すかということだ。もし聖女候補が逃げ出したなどということになれば騒ぎになっていてもおかしくないはずなのに、この場はとても穏やかだし、神官たちにも慌てている様子はない。いったいなにを考えているのかと不気味ですらあった。

不気味といえば、こういった公式の行事には必ずといっていいほどに参加しているはずの存在がいないことに気が付く。眩しいほどの華やかさで陛下のそばに張りつく彼女がいない。

「そういえば、アイリーン様のお姿が見えませんが……？」

アイリーンは陛下唯一の側室。見る者みなが振り返るような豪華な美しさを持つ妖艶な美女。

十四年前、王妃様は病気で命を落とされた。以来陛下は独身を貫いていたが、四年ほど前にアイリーンを側室に迎えた。男爵家出身である彼女を側室に迎えることに周囲は反対したが、既に王子を含む三人のお子様がいたこともあり、陛下の慰めになればと渋々認められた存在。

正直、僕はあまり好きな方ではない。確かに美しく華やかな女性だが、高慢というのだろうか。自身の美しさと国王の側室であることを鼻にかけたところが目に余る。

それに彼女は陛下がいない場所では僕にひどく馴《な》れ馴《な》れしい。

まだ若い彼女は、側室は仮の立場だと思い込んでいた節があり、自分が王妃になれぬことや、王が子供を作りたがらないことを知ってからというもの、王に取り入った際のしおらしさを捨て、まるで女王のように尊大なふるまいをしている。

彼女の周りには悪い噂が跡を絶たない。陛下は彼女の望むものを与えてやれぬ後ろめたさからか、ある程度は目を瞑《つむ》っているようだった。国の安定が最優先というのもあるのだろう。それゆえ、周囲もアイリーンの行動を上手く諫《いさ》められていないのが現状だ。

最後に会った夜会で、アイリーンに執拗《しつよう》に絡まれた。鼻を突く妙な匂いがひどく不愉快だった。僕を舐めるように見つめる瞳には鬼気迫るものがあり、陛下がそばにいるにもかかわらず僕の腕に手を回す感触が蛇のようで嫌悪感がこみ上げた。その手を振り払い「側室であるならば、それにふさわしい行いをするべきだ」と強い口調で諫めた。

僕の言葉にアイリーンの美しい顔が恐ろしいほどに歪み、僕に媚びていたはずの瞳が殺意とも呼べるほどの激しい憎しみに染まっていったのは忘れられない。

「……」

「陛下？」

アイリーンの名前を出した途端、陛下の表情が曇る。陛下もアイリーンへの対応に苦慮しているのだろう。彼女を側室に望んだのは他ならぬ陛下だ。

王妃様を亡くし、長く一人で王であり父であり続けた陛下が唯一欲した慰めだったのに。国の憂いを払った今ではアイリーンの存在が陛下にとって悩みの種であることは間違いないのだろう。

一方で一部の者たちはアイリーンを夜の女王と呼び、彼女を崇拝しているという。

そんな噂がある今では二人の関係はずいぶんと冷めたものになっているというが、陛下にはまだ彼女への情があるようでもあった。それは王としての義務からなのか、一人の男としての責任感からなのか。

陛下が僕に無言で手招きをした。人に聞かれてはならぬ話なのだろう。

「実はな、アイリーンは一週間ほど前から病にかかっていてな」

「病？」

一週間ほど前から急に体調を崩し、以来ずっと床に臥せているというのだ。どんな医者や治癒魔法を使っても改善せず、日に日に弱り続け、外に出ることもままならず、今では離宮に籠り、陛下とすら顔を合わさないという。あの派手好きで外出や集まりが大好きだった彼女が。

「それは……」

ぞくり、と背中が震えた。

「身体を起こすこともできず、食事もろくにとれていないのだ」

陛下から聞かされるアイリーンの症状は僕が苦しめられていた症状と同じだった。そして一週間前という符合。

（やはり、そうだったか）

疑念は確信に変わった。以前から、アイリーンは怪しげな魔術師とつながりがあり、なにやら怪しい薬を使って崇拝者と金を集めているという噂もあった。

だから僕の苦しみの原因が呪いだったとアイリスに知らされたときすぐに、アイリーンが犯人ではないかという考えが浮かんだ。あのとき、彼女が僕に向けた憎しみの瞳は尋常なものではなかった。

しかし、どんなに怪しくとも彼女は陛下の側室。証拠もなく、僕に彼女を追求する権利はない。秘密裏に調べさせてはいたが、もうその必要もないだろう。

解呪された呪いは、呪いを作った魔術師か呪いを望んだ者へ還《かえ》る。僕を呪った者は今、あのときの僕と同じ症状を抱えているはずだと思っていた。

アイリーンが呪いの根源であるならば、彼女を苦しめているのは僕に向けられていた呪いが還ったものに間違いない。

「それはなんとも痛ましい。私も心配していたとお伝えください」

「ああ。あれはお前を気に入っていたからな。お前からの言葉があると聞けば喜ぶであろう」

「そうだとよいのですが」

自分が元気であると知ったアイリーンはいったいどんな顔をするだろうか。陛下がこの事実を知ればどれほど心を痛めるだろうか。考えても答えは出ない。呪いの謎がひとつ解けた今、僕が考えるべきことは他にある。

陛下との話を済ませ、他の顔見知りの貴族たちと形式的な挨拶を繰り返す。すると、一人の見知らぬ紳士が私に近寄ってきた。

「ジュオルノ・ゼビウス様ですね。はじめまして。私はクイキット・プロムと申します」

アイスグレーの瞳の紳士は上品そうではあったが、僕に向ける視線は妙にぎらついていて、いい気分はしない。王家と縁がある僕に取り入ろうとする者が多いこともあり、多少の警戒心を持ちながら彼の挨拶に応えた。プロム家といえば伯爵家だった気がする。特に縁はないはずだがいったいなんの用だろうか。

「先日は我が娘がゼビウス様にご迷惑をおかけしたそうで、深くお詫びいたします」

「娘……？」

「我が娘は聖女候補でしてね。先日、ゼビウス様の祈祷を行ったそうですが、どうやらその際すぐに効果がなかったそうで」

祈祷、という言葉に周囲が僕やプロム伯爵に視線を向けたのを感じた。

娘と言われて、あの日僕を担当した金の髪をした巫女を思い出す。なるほどよく見れば面影がある顔立ちだ。僕を見つめる欲深い視線まで似ている。僕は不愉快さを隠さずに冷たく言葉を返した。

「なんのことでしょうか」

「おや？　内密の話でしたか。それは失礼しました」

申し訳なさそうに笑っているが、わかっていての発言だろう。祈祷というのはとても個人的なことだ。貴族社会では些細なことが弱みとなる。どんな内容であれ、祈祷を頼まなければならないというのも貴族としては秘匿《ひとく》しておきたいことだ。教会や巫女は祈祷の内容や相手について外部に漏らすことは禁じられている。たとえ親であれど秘密を簡単に暴露するというのは恥ずべき行為だというのに。

それを、これだけの人が集まっている場所で軽々しく口にするこの男がとても不快でならなかった。そして同時に自らが行った祈祷の相手や内容をたとえ親でもぺらぺらと喋ったあの巫女のことも。

プロム伯爵は媚びた笑みを浮かべ、僕の身体に身を寄せると今更に声を潜める。

「その様子ですと、時間はかかったようですが我が娘の祈祷は結果を出せたようですな」

「………………」

勝手に都合のいい解釈をしているようだが、返事をするのも面倒で口を閉ざし睨みつける。

プロム伯爵はそれを肯定と取ったのか、にやりと口の端を吊り上げた。

「我が子ながら美しい娘でしたでしょう？　しかし長く巫女としての務めを果たしていたせいか、どうも初心《うぶ》で純真に育ってしまった。どうやらゼビウス様にひと目で心を奪われてしまったようでしてね。あれ以来、あなたの顔が忘れられないと言っている」

声に含まれるあからさまな媚に肌が粟立つような気持ちの悪さを感じた。

「つい娘可愛さにわがままを聞いてあげたくなるだめな親でね。どうでしょうゼビウス様、娘が聖女に選ばれた暁には、どうか我が家と……」

「あいにくだが、僕には想い人がいる。貴殿の娘の気持ちに応えることはできないだろう」

すっぱりとプロム伯爵の申し出を断ると、僕は彼から身をひるがえして距離を取る。

これ以上話を聞く価値などないと背を向けて歩き出すが、背後からはまだプロム伯爵がついてくる足音が聞こえていた。

まったく、父娘揃って不愉快な存在だ。あの娘の祈祷にはかけらの効果もなかっただけではない、白き巫女を望んだことを告げれば烈火のごとく怒りをあらわにしていた。本当に聖女候補かと疑いたくなるほどの品性の欠如した態度だった。

アイリスは同じ聖女候補から仕事を押しつけられていたと言っていたが、あの娘が率先して行っていたのだと考えなくてもわかる。

「ゼビウス様」

しつこく僕を呼ぶ声をどうやって振り払おうと悩んでいると、広間の扉が開き、神官が儀式の準備が整ったと告げてきた。プロム伯爵は舌打ちしていたが、僕は助かったとばかりに早足で儀式の間に向かった。

女神の間、と呼ばれる広いホールへ案内される。中央には石膏で作られた女神の像が安置されている。初代の聖女を妻に迎えた王が、女神への感謝を込めて作らせたとされる神聖なそれは、教会で神体として大切に保存されている。神託を告げ、儀式に応えて聖女を選ぶとされる像。見た目はただの無機質な像でしかないのに、不思議なほどに荘厳な印象を受ける。

聖女候補が真っ白なベールを被り、女神像を取り囲むように円を描いて静かにそのときを待っていた。ベールは頭から足までをすっぽりと覆っているため、顔も見えず、誰であるかもわからないようになっている。あのプロム伯爵の娘という金髪の巫女もここにいるのだろう。

事前に知らされていた聖女候補は十六人。そしてこの場にいる巫女たちも十六人。

(アイリスがいなくなったことは隠し通すつもりか)

今日集まった者たちは巫女の顔を知らないし、今はベールで確認することもできない。

儀式の後は選ばれた聖女以外はその場を去るしきたりだという。

彼らのもくろみどおり、プロム伯爵の娘が聖女になれば、聖女候補一人行方不明になったところで騒ぎになることはないと踏んでいるのだろう。

相変わらず腐った場所だ。

僕は女神への信仰心がないわけではないが、教会の在《あ》り方にはずっと懐疑的だった。高い寄付金がなければ祈祷が受けられない今の仕組みは果たして女神の意思なのか、と。

それに聖女であったひいひいおばあ様も教会を毛嫌いしていたと聞く。我が家に降嫁した後は頑《かたく》なに教会へは行かなかったそうだ。アイリスと立場は違えど、なにか教会を嫌う理由があったのだろう。それゆえに、祖父や父、私は教会へあまり足を運ぶことはなかった。

結果、呪いの存在に気が付かず長い苦しみに時間を取られることになったのだが。

儀式が始まるのか、顔色の悪い神官長が現れ、口を開いた。

「これより聖女選定の儀式を始める！　女神様の許しがあるまで誰も口をきいてはならぬ！」

ゴーンと大きな鐘の音が響き渡る。反響が消える前に、もう一度、二度、三度と鐘の音が鳴り響くにつれて、この場がひんやりと清められていくのがわかった。

神官たちが祝詞《のりと》をあげはじめる。候補以外の巫女が祝詞に合わせ女神を讃える歌を歌いはじめた。鐘の音の間隔が短くなり、その場に立っているのがやっとなほどの重圧を感じた。

空気が変わった、そう感じた瞬間に女神像が淡く光り輝き出す。

「…………！」

声を出してはならぬという神官長の命に従い、誰も口を開くことはない。

さらなる驚愕と畏怖《いふ》の空気が僕たちの間に流れた。ただの石像であった女神像が動いたのだ。

顔は無機質な石膏のままなのに、腕がまろやかな生肌となり、胸の前で組まれていた指がゆっくりと解かれる。ふわりと漂う芳香と春の日差しのような暖かさが腕の動きに合わせて僕たちを包み込む。

ああ、女神が降りてきたのだ。

驚愕と畏怖が、母親の腕に抱かれたような安堵感にすり替わり、僕は自然と一筋の涙を流していた。それは僕だけに限ったことではない。この場にいる誰もが泣いていた。

奇跡とも呼べる光景を目の当たりにし、衝撃を受け固まる周囲をよそに、女神の広がった腕がまるでなにかを探すように彷徨い出す。細い指が聖女候補たちの頭上をまるで選別するかのように動いていく。ゆっくりと全ての巫女の上を一周した女神の腕がぴたりと止まった。その真下には一人の巫女が。とうとう聖女が決まったのか！　と周囲が息を呑む。

女神の指が巫女のベールを剝ぎ、現れたのは眩いほどの金の髪。見覚えのあるその顔は、僕に祈祷を行った巫女だ。つまりはあのプロム伯爵の娘。瞳を潤ませ頰を紅潮させている彼女は、自らが選ばれるという喜びに震えていた。

そうか、やはり女神は血統で聖女を選ぶのか。

失望とこの先に待ち受ける煩わしさを想像し、僕が顔をしかめていると、彼女を指していたはずの女神の手が隣の巫女に移った。金髪の巫女の表情が絶望にすり替わり、隣の巫女を睨みつける。しかし女神は隣の巫女のベールを剝いだだけで、またその隣の巫女のベールにも手を伸ばし、その動きは止まらない。

これが聖女選定の儀式のひとつなのか？　と神官長の顔を盗み見るが、その表情には驚愕と恐怖の色しか見えない。つまり想定外の出来事なのだろう。

過去に行われた儀式の記録によれば、女神が顔を確認するのは選ばれた聖女一人。全ての巫女の顔を暴くなど前例がない事態だった。

そうして全ての巫女たちのベールが剥がれ落ちるが、女神の手は誰のことも選ばなかった。

困り果てたように彷徨う指先が、ふわりと光って空中に文字を書いた。

『ここにはいない』

神官長が「そんなバカな！」と叫んだ。声を上げてはならぬと言ったはずの神官長が。女神像がゆっくりと石膏のままの顔を神官長へ向けた。無機物が動くという奇怪な光景にその場にいた者たちが息を呑んだ。呼吸音すら出さぬように口を押さえている者すらいる。

『わたくしのかわいいむすめはどこ』

指が文字を書く。恐怖に顔を歪ませた神官長が後ろに数歩下がるが、女神像は止まらない。

ガリガリと石膏にひびが入る音がした。

『わたくしのかわいいむすめ。しろきみこはどこ』

しろきみこ。その文字に、僕の心臓が痛いほどに強い鼓動を刻んだ。

「そんな‼　あの子が聖女のはずはありませんわ‼　女神様‼　私を‼　私を聖女にお選びください‼」

叫んだのは金髪の巫女だ。あろうことか立ち上がって女神像にすがりつこうと手を伸ばした。

「やめるのだ‼」

神官長が大声で叫ぶが、遅かった。

「きゃぁっぁぁぁぁ!!　私の、手が、手がぁぁぁぁぁぁ!!」

女神に触れた巫女の右腕が、どんどん砂のように崩れていく。さらさらと白い粉になった腕の残骸が床に散らばる。それを見た他の巫女たちも次々に悲鳴を上げ、我先にと女神像の前から這うように逃げ出そうとする。

固唾《かたず》を呑んで見守っていた周囲も、巫女たちにつられ悲鳴を上げながら逃げ始めた。

「いやぁあぁぁぁ！」

「ローザ！」

唯一逃げ出さず叫んだのは、娘の異変を目の当たりにしたプロム伯爵だ。ローザと呼ばれた金髪の巫女の右腕は、肘から先がすっぽりと消えてなくなっていた。出血はなく、本当にそこに腕があったのかと疑いたくなるほどにきれいな消失だった。床に散らばった白い砂は輝いていて、残酷な光景のはずなのに不思議と美しく感じられた。

「腕がぁぁ!!　私の腕がぁぁぁっ!!」

「バカもの！　女神様に触れるなど、人間に許されることではないというのに！」

「神官長！　これはどういうことだ！」

もう誰も口をつぐんではいない。皆が叫び怒号が飛び交っていた。逃げ出そうと人が出口に殺到しているが、儀式の間は外から施錠されており開かない。

プロム伯爵は周囲が止めるのも聞かず娘のそばに駆け寄り、その身体を抱き女神像から引き離す。ローザは気を失ったのかプロム伯爵の腕の中にぐったりと倒れ込み、声すら上げない。

女神はそんな父娘を気に留めることもなく、じっと神官長のほうへ顔を向けたままだ。

『わたくしのむすめはあのこ。あのこがせいじょ。あのこをくるしめるものにはほうふくを』

指がその文字を書くと、文字だった光が小さな光の粒となり、ふわりと宙へ浮かび、なにかを探すように天井を一周した後、追うことすらできない速さで外へと飛んでいった。

「め、女神様……！」

ぶるぶると小刻みに震える神官長の顔は蒼白だ。

女神像は顔の位置をゆっくりとした動きで戻すと、指を組む。すると生肌であった腕がもとの石膏へと戻っていく。暖かだった空気は冷え切り、その変化に皆ハッと口をつぐむ。その場に残されたのは絶望と恐怖だけだ。

巫女たちはローザの身に起きたことに錯乱しすすり泣いている。神官たちもなにが起こったのか理解できないように立ち尽くしたり、座り込んだまま。招待客の貴族らもあまりのことに言葉を失った者や、逃げるように壁に背をつけた者たちも多い。

ただ一人、気を失った娘を抱き抱えているプロム伯爵が必死にその名を呼んでいる声だけが無情にも女神の間に響き渡っていた。

「これはいったいどういうことだ！」

我に返ったのか、国王陛下が声を荒らげ神官長へと詰め寄った。当然だろう。このような惨事を目の当たりにして冷静さを保てというのは不可能だ。女神は豊穣を司る優しき存在。しかしこの場に聖女となるべき巫女がいなかったことで我らは彼女の怒りに触れたのだ。あろうことか巫女の一人は腕を失った。教会の罪は重い。

「『しろきみこ』とは誰のことだ！」

陛下の追及に神官長は震えるばかりで口を開かない。すると一人の文官が慌てた様子で駆け寄ってきた。

「陛下。大変です、巫女が足りません」

「なんだと？」

「それが……」

定期的に教会を視察しているその文官は、聖女候補たちの容姿を覚えていたのだ。ベールを被っている状態では気が付かなかったが、女神が全てのベールを剝がしてようやく違和感に気が付いたのだという。

「白い髪をした巫女がいたはず。しかしこの場に彼女はいない」

文官の言葉に、集められた聖女候補たちに視線が集まる。彼女たちの髪色はさまざまだが、白い髪の娘は一人もいない。事実を確認するため話を聞けば、候補の一人が見知らぬ少女にすり替わっていたことが判明した。瞳は緑だが、髪は栗色で聖なる力のかけらもない平凡な娘は、金をもらってこの場に来ただけだと白状し、砂にしないでほしいと泣き叫ぶ。

「神官長、どういうことだ！」

「違うのです陛下、違うのです。これはなにかの間違いです。アレが聖女であるはずはない。アレは孤児院育ちの娘ですぞ!!」

神官長があらん限りの声で叫んだ。広間は一気に静まり返る。

「神官長。まさかそんな理由だけで、女神様に選ばれた候補を追放したのか」

「まさか！　違います！　アレが勝手にいなくなっただけで！　私は！　アレは聖女の血統ではない！　我らの記録にはない娘なのです！」

「血統が全てとは限らぬ！　全ては女神様のお決めになることだというのに!!　ええい、貴様と話していても埒が明かん。誰か、この不信心者を捕らえろ」

「陛下!!」

神官長は叫び抵抗するが、兵士たちに捕らえられる。神官長に付き従っていた神官たちも同様に次々と捕らえられていく。陛下の顔色は悪く今にも倒れそうだ。文官や警護の兵士たちが陛下を守るように取り囲んだ。

「陛下！　いくら女神様とはいえ、我が娘の腕を奪うなど許されるのでしょうか！」

しかしそんな陛下を気遣う態度を見せないのはプロム伯爵だ。娘の身体しっかりと抱きしめ、怒りの表情で女神像を睨みつけている。

「禁を犯したのはその娘であろう。不憫ではあるが、神の所業に我らは口出しできぬ。諦めよ」

「そんな!!」

「その娘は女神様に触れ、怒りを招いた。その結果を受け入れるしかあるまい」

「陛下!!」

無情な言葉にプロム伯爵は悲鳴を上げる。

「ああ、しかし聖女がいないなどと……しかも女神様はなんと言っていた？　苦しめる者には報復を？　つまり聖女になにかあれば禍が起きるということではないか!!」

陛下の言葉に皆の顔が一気に青ざめる。聖女をないがしろにする者へ女神が恐ろしい禍をもたらすという話は有名であったし、記録にも残されている。

しかしよりによって儀式で女神を怒らせるなど、前代未聞だ。

この先なにが起こるのか、もう誰にも想像ができない。

「陛下！　ご安心ください！　アレはもうすぐここに届く予定だったのです！　儀式を！　儀式をやり直しましょう！」

抵抗を諦めていないらしい神官長が兵士に捕縛されながらも叫んだ。

「なんだと!?」

陛下よりも先に僕の口が動いていた。

「今なんと言った？　ここに届く？　どういうことだ！」

兵士たちを押しのけ、神官長の胸ぐらを摑む。今、自分がどんな顔をしているかなど想像しなくてもわかる。許されるのならば、この男を八つ裂きにしてやりたい気分だ。

「ヒッ……」

「答えろ!!」

「アレを、白き巫女を捕らえるようにと、指示を……」

「くそっ！」

神官長が最後まで言い終わらないうちに、その身体を床に叩きつけるようにして腕を離す。

潰れた蛙《かえる》のような声を上げる神官長を無視し、僕は陛下へ向き直る。

「陛下！　白き巫女については僕に心当たりがあります。どうか私にお力をお貸しください」

「あ、ああ？　ジュオルノ、お前が望むならば……しかし、心当たりとは？」

「それについてはのちほど説明いたします！」

今は一分一秒が惜しかった。

陛下に「有事の際は兵を貸してください」と告げ、一礼して広間を走り出る。

馬車ではもどかしいと、従者の乗っていた馬を借りて、飛び乗る。御者や従者たちが止めるのも聞かず僕は馬の腹を蹴り、急いで屋敷にいるはずのアイリスのもとへと向かった。

◇

目を開けても真っ暗な空間に、まだ夢の中にいるのかと思った。

しかし身体を揺らす不規則で不愉快な振動に、自分がなにかの箱の中に押し込められて運ばれている最中なのを理解する。背中で固定された腕はびくともしないし、両足も固定されていた。口周りも布のようなもので覆われているので喋ることもできない。

いったいなにが起きたのだろうか。確か庭先で花を見ていて、誰かが近くに寄ってきたのは覚えている。その後、なにか薬のような匂いがして……記憶は曖昧だし頭は重い。身体も動かないし、いったいどうしたことだろうか。

とにかく逃げ出そうともがいてみるが、芋虫みたいに身体を動かすのが精一杯だ。どうしたらいいの。怖くて怖くてたまらなかった。もしかしたら教会が連れ戻しに来たのかもしれない。でももし人攫《ひとさら》いの類ならば？　どこかの娼館や奴隷として売られるのだろうか。恐怖で身体が強張る。

そして、私が急にいなくなったことで屋敷の人たちが心配しているのではないかという申し訳なさがこみ上げてくる。それとも、なにも言わずに姿を消したことで、礼儀も知らない娘だと呆れられてしまったかもしれない。ああでもないこうでもないという嫌な考えばかりが頭を巡った。

ガタン！　と大きな音がして振動が止まる。次いでどたばたと乱暴な足音が。

「急いで運べ。お待ちかねだ！」

声には聞き覚えがない。バリッと薄い板が割れるような音がして急に視界に光が差す。眩しさに目を閉じた私の身体が誰かに担ぎ上げられて宙に浮く。目を開ける前に、布袋を被せられてしまった。ここがどこだかまったくわからない。暴れようと試みるが、両手両足を縛られた私はもがくことしかできなかった。

いったいなんなの、と戸惑う私の鼻を奇妙な匂いがくすぐる。物のように運ばれている振動で気分が悪いし、頭の奥がくらくらしてきた気持ちの悪さを感じながらじっとしていると、足音と振動が止まる。乱暴に頭に被せられていた布袋が取り外される。

「久しぶりだなぁアイリス」

にたり、と嫌な笑みを浮かべていたのは他の誰でもない。ドル男爵だった。

私は柔らかなクッションの上に放り投げられる。受け身を取ることができない私は無様にそこに転がった。手足の拘束はそのままに、口を覆う布だけは外される。

ようやく口から新鮮な空気が吸えて思考が少しだけはっきりするが、さっきからただようこの変な匂いで頭が痺れたような気分だ。

「な、なぜ男爵様が」

「なぜとはつれないなぁアイリス。心配してたんだぞ、お前が病に伏していると聞いて何度も教会に足を運んだというのに」

病？　なんのことだろうか。男爵は固まっている私の顔をまじまじと見ながら、でっぷりとした身体を揺らして笑う。

「ふむ……少し見ない間にずいぶんと肉付きがよくなったではないか。肌艶もいいし、見違えたぞ。どこかの貴族に囲われていたというが……」

私は絶対に口をきくものかと男爵を睨みつけるが、男爵は私の視線など気にも留めていない様子だ。どこか虚《うつ》ろな瞳で私の全身を舐めるように見下ろしている。

「ふん。まあいい。巫女の力が無事ならばな」

肉厚な舌で舌なめずりをしながら、にたり、といやらしい笑みを浮かべる様はどこまでも醜《しゅう》悪《あく》だ。

「お前が倒れたとうそぶく神官長が、こそこそとなにか隠している様子だから調べてみれば、逃げ出したお前を必死で探してたぞ。神官長も人が悪い。私に頼めばこんなに簡単だったというのに」

私の周りを取り囲む、大柄で見るからに乱暴そうな男たちと共に男爵が声を上げて笑った。

ぞわりと肌が粟立った。おぞましさから逃げようと身体をよじるが、縛られたままの身体ではどうすることもできない。神官長が私を探していたという話も本当なのかと疑いたくなる。

「私はなぁアイリス、ひと目見たときからお前が気に入っていたんだよ」

男爵の太い指が私に伸びて顎を摑んだ。そのせいではっきりと見えてしまった。男爵を包む赤い肉塊のような醜《みにく》いオーラが。

「ヒッ！」

恐怖で身がすくむ。男爵は何度も教会に来てはいたが、祈祷を願うことはなかった。だから今はじめて彼のオーラに触れ、私は戦慄《せんりつ》していた。こんな醜いオーラ、見たことがない。気持ち悪い。一瞬、呪いでおかしくなっているのかと思ったが、そうではなかった。彼の本来のオーラ自体がすでに醜悪になり果てている。顔に吹きかけられた息からもあの不気味な匂いがした。顎を摑んでいた手が蠢いて、私の顔をたどり、髪をひと房摑んでぐしゃりと握ると強く引っ張った。

「い、痛いっ!!」

「孤児風情《ふぜい》が一人前に逃げようなどと愚かなことだ。私に見込まれ、あの方に仕えるほうがよっぽど幸せだぞ？」

あの方って、と聞きたいのに痛みで声が出ない。

「聖女になれないお前にいい思いをさせてやろうと思っていたのに、逃げ出すとはバカな娘だ。神官長にも失望したよ。金を返しただけで約束を反故《ほご》にできるとでも!?　あれだけいい思いをさせてやったというのに！」

「離して、離してよ……！」

「黙れ！」

「あっ！」

髪を離してはもらえたが、思い切り引き倒され、私は無様に床に転がった。痛みで叫びたかったが、声を上げれば男爵は余計に喜ぶ気がして、私は必死に歯を食いしばった。

「まあいい。多少予定は狂ったが、お前は今日から私のものだ。儀式ももう終わったころだろう。聖女さえ決まってしまえば、お前はもとから廃棄される予定。いなくなったところで騒ぐものはいまい」

儀式、廃棄という言葉が頭の中でこだまする。どうしてか身体が動かない。

「香が効いてきたか？　慣れないうちは身体が苦しいだろうが、しばらくすればこれなしでは生きていけなくなる。あのお方特製の香だからな」

男爵が私の髪を掴んで顔を持ち上げたのがわかるが、もはや声すら上げられない。

「しっかりと、この香りを覚えておけ。あの方の香りだ」

「うぅ……！」

もう限界だった。意味のわからない言葉と顔に吹きかけられた生温かな息の気持ち悪さに、私は男爵の顔に向かって思い切り胃の中身を吐き出していた。

「ぎゃあ、こいつ、なにをする!!」

喚《わめ》く男爵をいいざまだと思いながらも、胃が空になった私は虚脱感と息苦しさで瞼が重くなっていき、顔を上げていられなくなる。耳障りな声で男爵がなにかを叫んでいたが、よく聞き取れなかった。ただ、苦しくて気持ち悪くて悲しくて。

たすけて、と唇を動かしたが、それは声になる前にかすれた呼吸と一緒に消えてしまった。

◇

無事でいてくれると信じて戻った屋敷は騒然としていた。アイリスがいなくなったと告げられた僕は絶望感に襲われていた。

「そんな」

間に合わなかった。守ると決めていたのに。自分を責めても責めきれない。エルダとベルトが僕に駆け寄ってくる。

「申し訳ありません、私たちが付いていながら」

「坊ちゃま、アイリス様が、アイリス様が」

エルダは今にも倒れそうだ。ベルトも青い顔をしてる。責任を感じているのだろう。苛立ちと焦燥と罪悪感で潰れそうだが、今、僕が心を折るわけにはいかなかった。

「ベルト、今は誰かを責めている場合ではない。アイリスがいなくなったのはいつだ?」

「昼前です。庭でお勉強をされていて、私が昼食の確認に席を離れた間にお姿が」

「庭には誰が?」

「庭師が仕事に来ておりましたが、アイリス様の姿や不審な者は見ていないと」

庭師の言葉の真偽はわからないが、神官長が雇った者たちの仕業《しわざ》であれば恐らくはプロだ。庭師に顔を覚えられるような真似はしないだろう。屋敷の使用人たちは長く勤め信頼のおける者たちばかりだ。金や脅しで僕の生活を脅かすことはしない。

「アイリスが最後にいた場所に案内してくれ」

既に夕日で染まった庭先。勉強用にテラスに運ばせた机の上で、アイリスが読んでいたらしい本が風でページを揺らしていた。一生懸命に本を読んでいたであろうアイリスの姿を思い浮かべ、胸が苦しくなる。無事だろうか、怖い目に遭っていないだろうか、もし怪我をしていたら。不安で息がうまくできない。

アイリスの痕跡をたどり、彼女が歩きそうな小道を進んでみる。庭の中ほどまで来てしまえば、高い庭木のせいで周囲から死角になることに気が付いた。端にある花壇の前に不自然に落ちた花びらが目に留まる。無理やりむしりとられたようなその花びらは潰れて無残《むざん》に散っていた。しかし一輪分には足りない。残りはどこへ？

視線で探れば、その少し先に同じ花びらが落ちていた。風で飛ばされたにしては不自然な位置だ。たどるように花びらを追いかければ、また少し先に花びらが。まるで、何者かの意思であるかのように落ちた花びらは点々と塀まで続いていた。長く屋敷を囲み守っている古い塀。茂みをかき分ければ、その下にぽっかりと穴が空いている。掘られた土はまだ新しい。この向こうは人通りの少ない細い道だ。

「ここか……！」

掘り返された柔らかな土に、数人分の足跡がはっきりと残っていた。そして花びらをほとんど失った花の残骸は踏みにじられ土に汚れていた。それを指先で拾い上げる。

「アイリス……」

その花がまるでアイリスのように思えた。複数での犯行ならば抵抗らしい抵抗もできなかったろう。どんなに怖かっただろうか。アイリスの恐怖を考えるだけで犯人を殺してやりたい衝動に駆られる。

まさかこの屋敷にまで侵入してくるとは思っておらず、警備が手薄だったことを悔やんでも悔やみきれない。こんなことならば、多少危険でもアイリスを同行させ、王都にある別邸か馬車の中で待たせておけばよかった。でも今更悔やんだところで意味はない。相手が本気であったからこそ連れ去られた。どんな対策を講じていても、僕がそばにいなければだめだったのだ。儀式のために王都になど行かなければよかった。

「誰か、この塀の向こうを確認してくれ！」

塀の向こうには馬車らしき車輪の跡が残されていた。部下たちに調べさせると、数刻前に不審な馬車が街道を駆け抜けていったという目撃情報を掴んだ。その先にあるのは王都。入れ違いになってしまったことを激しく悔やんだが、今は悩んでいる時間さえ惜しかった。

誘拐だったと知り、卒倒しそうなエルダたちをなだめ、僕は再度馬にまたがる。

「坊ちゃま、これを……！」

エルダが僕を呼びとめ、なにかを手渡してきた。それはアイリスが僕のために刺繍をしてくれた可愛い花柄のハンカチ。彼女が泣き出してしまったあの日、涙を拭くために手渡したものだ。

「今朝、乾いたからと。アイリス様が、帰ってきたら坊ちゃまにお返しするんだと」

そこまで言ってエルダの瞳が潤む。たった一週間であったが、皆はアイリスを大切に想ってくれた。彼女の境遇を知りその気持ちはさらに強くなり、彼女の素直な微笑に癒されていたのだ。そのアイリスが危険な目に遭っていることが、理解できず理不尽さが悲しく許せない。誰もが僕を見ている。

「大丈夫だ。必ず助ける」

そう強く告げ、僕はもう一度王都へ向かった。

◇

「ザック、アイリスはどうしている？」

「ご指示どおり地下牢へ。先ほど確認したところ、まだ気を失っているようでした」

「最初にしては刺激が強すぎたか。あまり濃いものから嗅《か》がせると、精神がもたんからな。長く楽しむためには少しずつ慣らすしかない」

にやりと笑う男爵はどこまでも楽しそうだ。男爵の部下であるザックはその様子を無感動な瞳でじっと見つめていた。

「しばらく閉じ込めておけ。死なない程度に弱らせておけば、逃げる気力も出ないであろう」

男爵は部下にそう告げると、小さな香炉に紫色の粉を振りかける。途端に辺りにゆらりとした白い煙が立ち込め、不可思議な香りが充満していく。男爵はそれを鼻から思い切り吸い込むと、恍惚《こうこつ》とした表情を浮かべた。

「ああ、アイリーン様の香りだ。素晴らしい！」

ぶるぶると身体を震わせながら喜ぶ男爵はどこまでも醜悪だった。ザックは香りを嗅がないように数歩後ろに下がり、ハンカチで鼻と口を押えている。

男爵が楽しんでいる香りは、王の側室であるアイリーンが開発した特殊な香粉で、火にくべれば煙と共に強い香りがたち強い興奮作用をもたらす一種の麻薬。彼女は自分を信望する一部の貴族たちに信頼の証として香粉をばらまき、その強い依存性を利用して彼らを操っていた。

男爵もアイリーンの熱心な崇拝者だった。ゆえに、彼女を近くに感じられるからと、その香りに依存し乱用を続けていた。結果、男爵が正気である時間は日に日に短くなっている。

「アイリーン様！　ああ、心配だ。あの輝くような美貌が病で陰っていると考えるだけで、私は、私は……！」

興奮した男爵が何度も机を叩く。崇拝するアイリーンが病で倒れたこの一週間、男爵は荒れる心を落ち着けるように香りの使用頻度を上げていた。

そのせいか、もとより高慢だった性格はさらに苛烈になり、些細なことでも周囲に当たり散らし、ザックも日々理不尽な暴力にさいなまれていた。

「もうすぐですぞ。もうすぐお望みの巫女をお届けします」

口の端から涎を垂らしながらうわ言のように呟く男爵の瞳は虚ろだ。

「神官長も憐れなものだ……儂に金を返したあげく、雇った連中が私の手駒とも知らず」

神官長は、アイリスを渡せなくなったと金を返しに来た。病で使い物にならなくなったと。男爵はものわかりのいいふりをしてそれを受け入れたが、それが嘘だというのは百も承知だった。

神官長の動きは既に調べがついており、金を使って逃げた巫女を探し出そうとしていることもとっくに知っていた。神官長の使いがアイリスの探索を依頼したのは、男爵の手駒ともいえる連中だ。金を上乗せし、アイリスを探し出したら、自分のところに連れてくるように指示をした。

隣町で貴族の屋敷に囲われているという話を知ったときは先を越されたのかと慌てたが、こうして最終的にはアイリスを手に入れることができた。

「アイリーン様のもとへは、いつ？」

「早いほうがいい。アイリーン様のお身体も心配だ。巫女の祈祷であれば苦しみを和らげて差し上げることもできるだろう！」

「わかりました。では使いを」

ザックは早足で部屋を出て行く。一刻も早くここを出なければ、いつまた男爵が癇癪《かんしゃく》を起こすかわからない。

「ふふ……ふはは…………」

男爵の頭の中は、アイリーンからの賛辞の夢想に溢れていた。なぜアイリーンがわざわざ巫女を欲しがるかなど考えもしない。ただ、美しい彼女に微笑んでもらいたい。それればかりが頭を占める。そしていずれはアイリスを自分のものにし、あの澄ました顔をさんざんに歪ませ泣き喚かせたい、と。

そんな歪《いびつ》な欲望にまみれた笑いがいつまでも響き渡っていた。

◇

苦しくて冷たくて痛い。そんな気持ちで目を開けると、私の身体はひんやりとした石の床に転がされていた。手足の拘束は既にないが、鉄格子で閉じられた部屋は石壁に囲まれ、窓すらない。鉄格子の向こうにある小さなランタンだけが唯一の明かりで、とても薄暗い。

石の床に横になっていたせいで身体中が痛かった。ゆっくりと身体を起こせば、ひどい頭痛だ。

吐いたもののせいで服が汚れていて気持ち悪いけれど、あの嫌な匂いはもうしなかった。

「あれ、いったいなんだったんだろう」

男爵がなにかを言っていたが、記憶がはっきりしない。

とりあえず立ち上がれば、身体のあちこちがぱきぱきと悲鳴を上げる。冷たい床に座ったままなのは辛いので、壁に寄りかかってみるが、結局はそこも冷たい石で身体は休まらない。

「まさか男爵が私を諦めてなかったなんて」

あの嫌らしい笑みを思い出すと身の毛がよだつ。

「どうしよう」

鉄格子は強固だ。私の力ではびくともしないだろう。叫んでも窓はないし、誰かが偶然近くを通りかかる場所ではないことは簡単に想像がついた。

これまでだって生きてこられたのが不思議なくらい苛酷な生活をしたことはある。でも、これはそういう類のものではない。もっと理不尽で暴力的。私という人間の尊厳を踏みにじるひどいものだ。男爵の顔や言葉を思い出すだけで恐怖に身がすくんだ。

「なんで」

瞼が熱くなって視界が歪みそうになる。でも泣いてはだめだと思った。泣けば男爵に屈したことになる。乱暴に袖口で目元を擦る。少し痛いが、それくらいのほうが気持ちがすっきりする気がした。

とりあえず男爵は今すぐ私になにかをする気はないらしい。外が見えないので時間はわからないが、連れ出されたときは昼前だった。男爵が王都を出ているとは考えにくいので、ここは王都な気がする。冷える空気に、もう夜になっているのかもしれないと感じる。

私に今できることはなんだろうか。

「…………」

なにも思いつかない。でも、いざとなったらなんとかして逃げだすしかないと思う。そのためには体力を残しておかなければ。

スカートをなるべくお尻のあたりで丸めると身体を冷やさないように小さく丸くなって床に座り込んだ。孤児院時代、空腹で寒くてどうしようもないとき、こうやって少しでも体力を失わないようにじっとして過ごした。今はあのときよりも成長して体力があるし、ジュオルノのお屋敷でたくさん食べさせてもらったから座っていてもお尻が痛くないくらいには肉が付いている気がする。

ジュオルノやお屋敷の人たちのことを思い出すと胸が痛い。会いたい、と思ってしまう。あんなに優しくしてくれたのに。心配をかけているのも嫌だったし、挨拶もなく姿を消した不義理な娘と思われるのも嫌だった。

ぎゅっと膝を抱えて背中を丸める。そうすると少しだけ暖かい気がした。掌からなにか匂いがして、鼻を近づけると、気を失う瞬間に握りしめた花の香りが残っていた。

「きれいな花だったのに」

ごめんねと手折《たお》ってしまった花のことを思いながら、私は少しでも休むために目を閉じた。

「起きているか」

呼びかけられ、半分眠っていた意識が浮かび上がる。私を呼んだ男に腕を摑まれゆっくりと立たされた。

その男は男爵の部下だというのに、僅かに濁っているがもとが緑とわかるオーラをしている。今の状況に迷いを感じているのがわかった。状況が摑めず男の顔をじっと見れば、彼は気まずそうに顔をそらした。男爵とは違い、完全な悪人ではないのかもしれない。

どれほどの時間が流れたのかはっきりしないが、ひどくお腹が空いているので一日はたっている気がする。抵抗する気力もない私は、オーラを信じて男に素直に腕を引かれながら鉄格子をくぐった。もつれそうになる足で必死に歩く。階段を登らされて、ようやく自分が地下にいたことを知った。どうりで光が入ってこないはずだ。

階段を登りきると長い廊下に出る。窓の外は薄明るい。冷たい空気に夜明け近くだということが察せられた。おかしいな、前は一日食べないくらいで空腹なんか感じなかったのに。あのお屋敷で毎日たくさん食べていた生活のせいで、身体がずいぶん甘えたになっているみたいだった。

「ここだ」

連れてこられたのは先ほどまでの場所よりはずいぶんましな部屋だった。とはいえ、調度品はゴテゴテと悪趣味で、あの嫌な匂いが薄くしみついている気がした。中央にあるベッドには天蓋が取り付けられていて半透明のベールで囲われている。

「！」

嫌な予感に身体が強張る。既に空っぽのはずの胃から何かが迫り上ってくる気がして、また吐きそうだ。逃げ出そうにも私を連れ出した男が扉の前にいる。一瞬の隙を突けば逃げられるかもしれないと私は部屋の中を見まわす。

「ここにいるんだ。着替えと食事がある」

男の声は妙に優しい。私を部屋の中に入れると、早足で部屋から出て行く。閉まる扉の音に我に返り、慌てて扉に駆け寄るが、外から鍵をかけられたようで開かない。

「出して！　ここから出して！」

扉を必死に叩くが、びくともしない。扉に耳を当てて音を聞くが、誰の声も足音も聞こえなかった。立ち上がり、窓のほうへと駆け寄るが、はめ殺しでがっちりと固定されており開く気配はない。場所が変わっただけで逃げることは不可能なようだった。

部屋の中央にはトルソーに着せられた妙に派手な緑色のドレス。これに着替えろということだろうか。そして机には男の言葉どおりパンとチーズ、そして水があった。絶対に着替えないし、食べ物も口にするものかと、机から距離を取り窓際の椅子に腰を下ろす。

窓の外は庭だった。遠くに塀が見え、その向こうにはいくつかの屋敷が見えた。僅かに見える街並みには見覚えがある。

どうやらここは王都にある男爵の屋敷らしかった。

「どうやって抜け出せば」

窓を割ろうにも、部屋の中にはベッドとソファ、今座っている椅子にドレスしかない。椅子を使って窓をたたき割れば外に出られるかもしれないが、確認する限り高さがあって逃げ出すのは難しそうだった。それにガラスの割れる音ですぐに誰か来てしまうかもしれない。

「現実的じゃないわよね」

逃げるにしても今ではないのはわかった。しかし男爵はいったいなにを考えているのだろうか。再会したときの醜悪なオーラと残虐なふるまいを思い出し、忘れていた吐き気が蘇《よみがえ》ってくる。水を飲みたかったが、用意されているものを口にする気にはなれなかった。なにが入っているのかわからない。ぐう、と情けない音で腹の虫が鳴いた。

ジュオルノの屋敷でみんなと食べたおいしい食事を思い出す。人がいっぱいいて、あったかくて、おいしくて、幸せな食卓。あの時間が懐かしく恋しかった。

「ジュオルノ様」

ついロにした名前に胸の奥がズキズキ痛んだ。必死に考えないようにしていたが、一度口にしてしまえば、あの優しい青い瞳が恋しくてたまらなかった。彼は私がいなくなったことをどう思っているのだろうか。優しいあの人は、私を探してくれているかもしれない。心が疼いて叫び出したい気持ちになる。

偶然出会い成り行きでかかわり、どこまでも優しくされて、自分の弱さを教えてくれた人。瞳と同じきれいな青いオーラに、眩しいばかりの白銀と埋もれそうなほどの花びらを背負った人。

一緒に過ごしたのは、たった一週間だ。それでも、これまで生きてきた中で、こんなに誰か一人のことを考えたことなんてない。

見た目や立場が違いすぎて、彼が私をどう思っていようと、私が彼にそんな気持ちを持つなんて許されないのはわかっている。だから、自分の気持ちに名前を付けるのが怖い。

あの優しい瞳をかき消すように必死で頭を振った。思い浮かべたら泣きそうだったから。

◇

王都に戻ってきた僕は再び教会を訪れた。

アイリスを誘拐したであろう馬車の轍《わだち》は途中で消え、足取りは摑めない。誘拐を指示したのが神官長ならば教会に向かう可能性が高いと踏んだのだが、どうやらそうではないようだ。

教会には既に貴族たちの姿はなく、国王たちも、捕らえた神官長やそれに連なった者たちを伴い城に戻ったという。儀式での騒ぎは外に出ていないのか、教会の周囲は穏やかな空気のままだった。しかし、今日が新しい聖女様が発表される日ではなかったのかと声を潜めて囁き合いながら教会の様子を確認している人々もいる。

選定の儀式に備えるためにと数日前から閉じられている正門はそのままだ。通用口にも国の兵士が監視するように立っていた。兵士に身分を明かし教会に入れば、誰もが顔を青くし、俯《うつむ》いていた。アイリスが連れ戻されたのならば、信心深い彼らは彼女を聖女として保護したはずだ。だが、そんな気配はない。誰もが昼間の出来事に怯えている様子だった。

「誰か、話を聞きたいのだが」

目に付いた神官に声をかければ、怯えたような表情を浮かべつつも僕の言葉に従う。遠まわしな質問をする時間すら惜しい。

「アイリスを欲しがっていた貴族がいたそうだな」

「なぜそれを……！」

神官はあからさまに動揺した。そして「自分は神官長たちには逆らえぬ弱い立場で、アイリスのことも見て見ぬふりをしていた、申し訳ない」と言い訳を混ぜながら、彼女から聞いていた話とほぼ同じ内容を語った。

アイリスの話と少しだけ違うのは、彼女は決して教会にいるすべての者から冷遇されていたわけではないという点だ。聖女候補は神官や他の巫女たちとの接触は最低限と決められており、会話はほぼなかった。だから彼女は知らなかっただけで、その献身的な勤めぶりは確かにみんなの評価するところだったのだ。

神官長をはじめとする一部の神官や聖女候補たちの行いに、皆はずっと懐疑的ではあったが、それを改善するだけの力がなかったことを悔しそうに吐露《とろ》した。

「アイリスを欲しがっていた貴族の名は？　どこに住んでいる」

「私は詳しくは……あの方のお相手は神官長がされていたので……」

「そうか……」

アイリスは間違いなく狙われて誘拐された。ただの人攫いならば貴族の屋敷に侵入するような危険は犯さない。神官長の手のものでないのならば、アイリスを狙う相手は一人しか心当たりがなかった。

アイリスが語っていた、彼女を妾にしようとしていた貴族。それが犯人であろうと確信した僕は、神官に礼を言って教会を飛び出す。その貴族が誰なのかわからない以上、できることが少ないのが歯痒い。下手をすれば犯行の露見を恐れ、アイリスに危害を加えるかもしれない。

今できることは全てを知る人物に話を聞くことだと、僕は城へ向かうために再び馬にまたがった。

城の中は緊迫した空気が漂っていた。当然だろう。本来ならば今日の儀式によって新たに誕生した今代《こんだい》の聖女を祝う御披露目《おひろめ》の宴が行われるはずだったのに。儀式は惨劇へと変わった。聖女の座も空席。女神が選ばれた巫女に直接加護を与えるまでは、聖女と呼べない。

誰もがこの状況をどう受け止めていいのかわからない様子だ。

陛下への謁見を望めば、すぐさま部屋に通される。

「陛下！」

「おおジュオルノ！　聖女は、白き巫女はどうなったのだ」

疲れを滲ませた顔の陛下の様子に、あの後もひと騒動あったことが察せられる。文官からの説明によれば、神官長の抵抗はひどく、また彼に師事していた神官たちは「自分たちは悪くない」と暴れたそうだ。巫女たちはパニック状態でまともに話は聞けていない。ローザとその父親は隔離され、今は見張りが付いている状態だというが、そんなことはどうでもよかった。

「実は、白き巫女と呼ばれていた少女は数日前から僕の屋敷にいたのです」

「まことか！」

僕は陛下にアイリスの話をした。

聖女候補の巫女であり、生まれながらの白髪から〝白き巫女〟と呼ばれていたこと。教会で虐げられ、ある貴族に金で買われることを知った彼女は逃げ出し、偶然に僕と知り合い保護していたことを。呪いのことは伏せたが、アイリスが受けていた扱いについては包み隠さず説明した。陛下の顔がだんだんと暗くなっていくことに胸が痛んだが、隠しておける話ではない。

たとえアイリス自身が彼らを恨んでないと言ったところで、教会は聖女候補を生まれにかかわらず等しく保護し育てる義務があった。それをないがしろにした神官長の罪は重い。それに従った神官たちも同罪だろう。あまつさえ、金でその身を売ろうとしたのだ。

「それらがすべてまことであれば……女神様の怒りに触れたとておかしくない話だ」

信じられない、と頭を振る陛下の顔は蒼白。

「それで、今、彼女はどこに？」

「何者かの手によって誘拐された後でした」

「なんだと！」

陛下の表情がこわばる。周囲に控えている臣下や文官たちも顔色を変えた。もしその誘拐が彼女に危害を加えるようなものであれば、女神の怒りがどれほどのものになるかなど想像もつかない。

「神官長と話をさせてください。彼はアイリスを連れ戻すと言っていた。彼が誘拐を指示したならば、居場所を知っているはずです」

「ああ、案内させよう」

「感謝します」

「いいや、聖女の発見は今や国の急務だ。お前の言葉を信じようジュオルノよ。必ず聖女と思わしき巫女を探し出すのだ。どんな手助けもしよう。なんでも言ってくれ」

「はい！」

陛下の言葉に背中を押され、文官たちに案内されて捕らえられている神官長のもとへ向かった。


「アイリスをどこへやった」

牢に囚われた神官長の表情は虚ろだ。教会で暴れつくし、体力が残っていないのかもしれない。儀式のときは威厳を感じさせる存在に思えたが、今は小さくしぼんだただの老人でしかなかった。

「貴殿は……確か……」

神官長は僕の顔を見ると一瞬怯えた様子を見せる。掴みかかられたことを思い出したのだろう。許されるなら気の済むまで痛めつけたいが、今はそのときではないし、彼を罰するのは僕ではない。

「もう一度聞く、アイリスをどこへ運ぶように指示をしたんだ」

「あれを知っているのか？　あの娘はどこにいる……アレが聖女ならば、早く、早く教会へ……」

「お前がアイリスを探すように指示したのではないのか？」

「……見つけるように依頼はした……しかし儀式の時間になっても届かなかったんだ……なぜだ、なぜだ……」

神官長は僕の質問に素直に答えるものの、心はここにあらずといった様子で虚ろに言葉を紡ぐ。その瞳は僕の顔ではなく空中を見つめ、焦点は定まっていないように感じる。

「誰に依頼したんだ。名は？　どこで会った？」

「もう破滅だ……終わりなんだ……」

「彼女を欲しがっていた貴族がいたのだろう？　かかわっているのではないのか？　彼女を金で売ったのか!?」

「ううう……男爵様には金を返した……しかし、しかし、もう無駄なのか……」

「アイリスが見つからなければもっとひどいことになるぞ！　その男爵の名は？　どこに住んでいる！」

胸ぐらを摑み揺さぶれば、神官長は憐れっぽい悲鳴を上げる。もはや正気ではないのかもしれない。それでも僕の強い追及に神官長は男爵の名を口にした。その名を聞いて、同行していた兵士や文官たちの表情が曇る。どうやら心当たりがある様子だ。

この男からこれ以上の情報は得られないと、僕は彼を摑んでいた腕を離した。地面に落ちた神官長は、応えるはずもない女神に呼びかけ続けていた。

「女神様……ああ、お許しください……お許しください………」

床に這いつくばりながら、天に向かって許しを求める言葉をうわ言のように繰り返す。怒りよりも虚無が勝った。怒る価値すらない。だがアイリスにした仕打ちへの咎は免《まぬか》れないだろう。僕も許すつもりはなかった。

「ううう」

無様にも床に転がったままの神官長がうめいた。なにかを探すように周囲を見回していた目が僕を見た。垂れた瞼から僅かにのぞく血走った瞳がだんだんと白く濁りはじめる。その異様さに僕が言葉を失っていると、ローザが女神に触れたとき同様に、眼球だったものが白い砂となって涙のようにさらさらと頬を伝い床に落ちていく。

「っ！」

僕や周囲がその光景に息を呑むが、神官長は己が目を失ったことに気が付いていないのか、ひたすら天に手を伸ばし女神を呼んでいる。これが聖女をないがしろにした者への報復なのだろう。僕はそれを憐れとも思わず、無言のままに神官長に背を向け、アイリスを探すべくその場を離れた。

（下巻に続く）

廃棄巫女の私が聖女!?
でも騎士様に溺愛されているので、教会には戻れません！（上）

書き下ろし
番外編①

花束をあなたに

「どうしよう」

積み上がった布地を眺め、私は途方に暮れていた。

ジュオルノのお屋敷にお世話になるのだからなにかしたいとはじめた針仕事。

しかし任されたのは実用性のある仕事というよりは、どちらかというと貴族の女性が嗜みで行うようなものばかりだった。

「こんなにたくさん作ってどうするのよ、私」

上質な生地とふんだんな色糸を使えるのが楽しくて、調子に乗りすぎてしまった気がする。針が良質だとここまで縫物がスムーズだとは知らなかった。

孤児院や教会時代に使っていた針や糸は、寄付されたものや、他の巫女たちからのおさがりが多く、使える糸にも限りがあった。

そもそもそれらは装飾のための刺繍ではなく、生きるための技術だったし、護符代わりの刺繍は図案が決まっていて作業のようなもので、楽しいという感覚はあまりなかった。

好きに刺繍をしていいと、色とりどりの素材を与えられて、私は初めて刺繍がこんなに楽しいものだと知ってしまった。

普段ならば糸を節約しながら小さな図案しか刺繍できなかったが、どんなに大きな花を描いたところで糸が尽きることはない。

うっかりハンカチだけではなく、クッションやベッドカバー、使う予定のないリボンにまで刺繍をしてしまった。

「カバーとかはお屋敷で使ってもらうとして、リボンはエルダさんたちにあげようかな？」

それぞれの行先を考えながら仕分けをしていると、最初に刺繍をしたハンカチが現れた。

好きなだけ色糸を使える喜びで、うっかり花盛りな仕上がりになってしまったものだ。

まるで花屋の店先にある花を全種類集めたかのようなそれは、女性の私でも使うのを少しためらうほどには目を引く仕上がりだ。

「良くできたとは思うのだけれど」

まさかジュオルノのハンカチだったなんて。

最初に教えてくれれば、もう少し男性向けのデザインの刺繍をしたのに。

メイドさんたちは「きっと喜ぶ」と気軽に言ってくれるが、さすがに少々気後れしてしまう。

しかもどうせなら私から手渡してほしいと託されてしまった。

「嫌がられたらどうしよう」

お世話になっているという状況だけでも申し訳ないのに、こんなものを押しつけたら迷惑がられてしまうかもしれない。

触れるオーラから感じるジュオルノの性質は善良で、私のことを親身に思ってくれているのはよくわかる。

あの花びらのようなオーラの正体はまだわからないが、あんなに綺麗なのだから、悪いものではないのだろう。

「……」

いつまでもハンカチを見つめていても答えは出ない。

これまで人になにかをプレゼントするなんて経験はなかった。刺繍だってお仕事だった。

正確にはこのハンカチの生地だって色糸だってジュオルノから与えてもらったものだ。

プレゼントと言うには少し図々しいかもしれない。

それでも。

「よし！」

せめて見栄えをよくしようと、ハンカチを綺麗にたたみリボンを巻いた。

そのリボンも思いつきで刺繍を加えたものだ。

淡いクリーム色の生地に青い糸で小鳥を刺繍した。

教会にいたころ、遠い国から旅ついでに祈祷を受けに来た商人が「私の国では青い鳥が幸福を運んでくるという言い伝えがある」と話していたのを思い出したからだ。

少しでもジュオルノに幸せが訪れますようにと願いを込めて、リボンを結ぶ。


復帰したばかりで忙しいらしいジュオルノは、少しぐったりした様子で帰ってきた。

それでも私を見つけると、笑顔を浮かべてこちらに駆け寄ってきてくれる。

「おかえりなさい」

「ただいまアイリス」

まるで当然のように私の手を取り微笑む彼の笑顔は少し眩しい。

触れたことで見えるオーラは美しい青色で、舞う花びらは相変わらず綺麗なピンク色。

この花びらのような刺繍をしたら綺麗かもしれない、なんてちょっとだけ現実逃避をしたくなるほどに盛大に舞い散っている。

「今日はなにをしていたの？」

「エルダさんたちに糸をもらって刺繍を」

「アイリスは刺繍もできるんだね」

生活と役目のために身に付いたものですから、と口にしようとするけれど、ジュオルノの表情があまりに優しく、オーラから見える感情も慈愛に満ちていすぎて、私は自分を卑下するようなことを発言はしないほうがいいかもしれないと、咄嗟に口をつぐんだ。

「ありがとうございます」

「そうだ。刺繍が好きなら、いつか僕の服にも刺繍をしてほしいな」

「そ、そんな大それたことできませんよ」

突然の提案にぎょっとして身を引く。

摑まれていた手がするりと離れて、オーラが見えなくなった。

「どうして？　僕の服に刺繍をするのがイヤ？」

「そういう意味ではなくて」

どう言えば伝わるのか。

困り果てている私を助けるかのごとく現れたのはエルダさんだ。

「坊ちゃま、そんな急なお願いをされてはアイリス様も困ってしまいますよ」

さっと私たちの間に入り、帰宅した姿のままだったジュオルノを「早く着替えてきてください」と自室へ追いやってしまう。

ジュオルノはなにか言いたげに私を何度も振り返りながらも、エルダさんには逆らえないのか着替えるために奥へと行ってしまった。

「あ、ハンカチ」

取り残されてから、うっかり肝心のハンカチを渡し忘れていたことに気が付く。

後でいくらでも渡すチャンスはあるだろうし、まあいいかとそれをポケットにしまい込んだ。


「外かぁ」

夕食時にジュオルノから「明日は休日だから外出しよう」と誘われて了承してしまった。

自由な外出、という言葉に心がふわふわと浮き上がりそうだ。

教会で暮らしていたときに抜け出して働いてはいたけれど、ほんの短い間だったし、街中を自由にウロウロしたら目立つので、その範囲は最低限だった。

好きな服を着て出かけ、買い物や人と会うなんて外出は初めてだ。

「なにを着ていこうかな……あの青いワンピースかな」

先日、私のためにと用立ててくれたワンピースを思い出す。

やたらと青い色ばかりをジュオルノが選びたがるので、最初はなぜ？　と不思議だった。

服の補正をしてくれた針子さんが「ご主人様はよっぽどお嬢様が大切なんですね」と意味深に笑うので、どういうことかと尋ねれば「ほら、ご自分の目の色をした服ばかりじゃないですか」とからかうように笑われたのが忘れられない。

ジュオルノは本当に優しい。

たまたま同じ馬車に乗り合わせ、たまたま彼の呪いを解呪しただけなのに、どうしてここまで優しくしてくれるんだろうと今でも少しだけ不思議でならない。

「あ、しまった」

すっかり渡すタイミングを逃してしまったハンカチの存在を思い出す。

ポケットからそれを取り出し、少し乱れてしまったリボンを指先で整えた。

どうせ渡すなら早いほうがいいけれど、今から部屋に行くというのも失礼かもしれない。

「ああもう」

うじうじ考えるのは自分には似合わない。

自分の役目を果たし、やれることは全部やる。それが私の生き方だとずっと思っていた。

ハンカチを握りしめ、ジュオルノの部屋へと向かった。

扉の前まで来たところで、急に不安になってしまう。こんな時間に部屋で休んでいる男性を訪ねてきてよかったのだろうか。

かといって引き返すのもどうだろうかと、扉の前で考え込む。

「……」

ええい、もういいやと意を決してノックするために腕を上げる。

が、それとほぼ同時に扉が内側から開いた。

「アイリス、どうしたの？」

「ジュオルノ様」

まさか彼のほうから出てくるとは思っておらず面食らっていると、ジュオルノが苦笑いを浮かべた。

「部屋の前に誰か来たなとは思ってたんだけど、なかなかノックの音が聞こえないから、気になって。まさか君だったなんて」

「ご、ごめんなさい」

そんなに長い間迷っていたのだろうか。

恥ずかしくなって俯けば、ジュオルノの大きな手が私の頭を撫でた。

ふわふわとした花びらのオーラが視界をかすめる。

「ふふ。いいんだよ。僕になにか用事かな？　会いに来てくれたのは嬉しいけど、時間がね」

エルダに見つかったら僕が叱られそうだ、とおどけられ、私は慌ててポケットからハンカチを取り出した。

「あ、あの、これ」

早く渡してしまおうと勢いよく差し出す。

「これ、は？」

ジュオルノは私がなにか持っているとは思わなかったらしく、目を丸くして私と私が持っているハンカチを交互に見ている。

「私が刺繍したんです」

「僕のために？」

「ええと」

正確には、誰のものか知らずに刺繍をしてしまったのだが、ジュオルノの物だと知ってからも私は花を増やす手を止められなかった。

「さ、最初はジュオルノ様のハンカチだって知らなくて。ちょっとお花は多くなってしまったんですが、私、頑張りました」

我ながらなにを言っているのだろう。

もう少しうまく言葉を伝えられたらいいのに、こんな時間にジュオルノの部屋を訪れてしまったことが急に恥ずかしくなって頭が混乱している。

とにかく早く終わらせてしまいたくて、腕を突き出す。

ジュオルノの手が伸びて、私からハンカチを受け取ってくれた。

彼は無言のままクリーム色のリボンを解き、ハンカチを広げて刺繍の出来をじっくり見ている。

自分の作ったものを人にプレゼントするのもはじめてだし、それを目の前で確認されるなんて事もはじめてで、緊張で手が汗ばんでいくのがわかる。

「アイリス」

こんなものは受け取れないと言われたらどうしよう。相応しくないと笑われたら？

急に不安になって指先が冷たくなっていく。

ジュオルノは絶対そんなことを言わないとわかっているのに。

強張っている私の手を、ジュオルノが掬い上げるように手に取った。

冷えて汗ばんだ私の手とは真逆に、ジュオルノの手は温かく乾いていた。

「とても嬉しいよ。こんなに綺麗な刺繍がされたハンカチは初めてだ」

「……！」

ジュオルノを包む青いオーラに、幸福や喜びを示す白銀の煌めきが混ざる。

明るく優しいその光に、ジュオルノが本気で喜んでくれたのがわかって、私はほっと息をついた。

よかった、嫌がられなくて。

「ごめんなさい、少し派手に仕上がってしまって」

「そんなことないよ。うん、とても綺麗だ。本当にもらっていいの？　返せって言われても返さないよ？」

「い、言いませんよそんなこと」

「ああ、でも本当に嬉しいな。明日、みんなに自慢してもいいかな」

「恥ずかしいからやめてください！」

少年のようにはしゃぐふりをするジュオルノ。

私が恥ずかしさのあまり顔を真っ赤にして声を上げれば、彼はますます楽しげに笑う。

私の反応を面白がっているらしい。

「ごめんごめん。本当に嬉しくて」

微笑む彼のオーラにほんの少し悲しみの色が混ざった。

「母が早くに亡くなったから、身につける物に刺繍をしてもらう機会があまりなくてね。君が僕のために針を入れてくれた、というだけですごく嬉しい」

「あ……」

ハンカチや服への刺繍は基本的には家族がその人を想ってするものだ。

お母様を早くに亡くしたジュオルノにとって、刺繍をされたハンカチ、というのは家族の象徴のようなもので、思い入れが深いのかもしれないと今更気が付く。

「ご、ごめんなさい」

「どうして謝るの？」

「だって、私なんかの刺繍が」

「アイリス」

口にしかけた言葉をジュオルノ声が遮った。

私の手を掴んでいた手が離れ、今度は優しく肩に添えられる。

見えるオーラは彼の鮮やかな青と、誠実さを訴える深い青が混ざり合っていた。

「私なんか、なんて言わないで。僕は君が刺繍をしてくれたことが本当に嬉しい。僕のこの嬉しさを君の悲しそうな顔や言葉でなかったことになんてしたくないんだ」

「ジュオルノ様」

なんて優しい人なんだ、と泣きそうな気持ちになる。

でも泣いたりしたらダメ。泣くのは卑怯でずるいことだと何度も言い聞かされた過去が蘇る。

「ありがとう、アイリス。大事にするよ」

私の肩から手を離し、両手でハンカチを胸に当て微笑むジュオルノの顔は本当に嬉しそうで、私にもその喜びが伝わってきて、胸の奥が温かくなった。

「喜んでもらえて、よかったです」

「本当に嬉しいんだよ？　ああ、どうやったら僕の本気が伝えられるかなぁ」

ジュオルノが考え込むように腕を組む姿がちょっとだけ可愛い。

心配しなくても私にはそれが全部本心だということが見えている。

あんなに綺麗な色で喜ばれたことなんてないから、くすぐったくて仕方がない。

「そう言ってくれるだけで十分です」

「なにかお礼をしないとね」

「いただけませんよ！　むしろ、私のほうがお世話になってるお礼をしなきゃいけないのに！」

これ以上、なにかしてもらったら本気で困ってしまう。

「本当に君は謙虚だね。世の中には誰かの善意を利用して、利益ばかりを追い求めるような奴だっているのに」

どこか遠くを見るようなジュオルノの瞳。

触れてはいないけれど、悲しみや悔しさが彼のオーラに混ざっているような気がした。

ジュオルノの人生には、たくさん秘密があるのかもしれない。

彼を助けてあげられたらいいのに、なんておこがましい想いが僅かに膨れるが、私にできることなんてほとんどないのも知っている。

私は孤児で、逃げ出した巫女で、ひどく無力だ。

「そんなんじゃないです。私は」

ただ臆病なだけです、と口にできないままに視線を落とす。

そんな私をじっと見つめていたジュオルノが、ハンカチを広げ刺繍を指さす。

「……アイリス、これはバラ？」

「え？」

赤い糸で作ったそれは確かにバラだ。

自分でも一番気に入っていて、模様の中心にいくつも刺繍した。

「はい」

「じゃあこれはスミレかな」

「ええ。こっちはマーガレットです」

ジュオルノが色糸で作られた花をひとつひとつ指さして、その名前を確認していく。

デイジーにカモミール、そしてチューリップ。カスミソウもきちんと入れた。

季節感もなにもあったものじゃないけれど、それは綺麗にハンカチを彩っている。

「すごいね、まるで花束だ」

「花束？」

そんなこと、考えてもみなかった。

糸を使えることが嬉しくて、手あたりしだいに花を刺繍しただけなのだけれど。

「こんな素敵な花束をもらったのは生まれて初めてだよ」

蕩けるようなジュオルノの笑顔に胸が温かくなる。

「いつか、僕も君に花を贈らせて。この刺繍に負けないくらいのたくさんの花を君に」

とんでもない、と口にしそうになるが、さすがの私もその返事は正しくないということはわかった。

「はい。ぜひお願いします」

贈り物をしに来たのに、私のほうがもっと素敵な贈り物をもらった気分だ。

「ありがとう、アイリス」

「こちらこそ、ありがとうございます、ジュオルノ様」


その翌日、ジュオルノの優しさと自分の未熟さを痛感したとき、差し出されたのがこのハンカチだったことで私の涙腺は壊れてしまった。

私が刺繍したハンカチを当然のように持ち歩いてくれたジュオルノの優しさと誠実さを、私は一生忘れないと思う。

汚してしまったハンカチを洗いながら、今度は彼にどんな花束を贈ろうかと私は新しい図案を思い浮かべたのだった。

書き下ろし
番外編②

見送りの朝

「行きたくない」

まさかこの歳になって、こんな言葉を口にする日が来るなんて誰が想像しただろうか。

「坊ちゃま、アイリス様が困っています」

呆れたと顔に書いてあるエルダの指摘どおり、アイリスはどこか子供を見るような驚き交じりの表情で僕を見ていた。

幻滅されたか、と一瞬不安になるが、ごねたくなる気持ちも分かってほしい。

「だって行きたくないものは行きたくないんだ。アイリス、僕のおすすめの本があるんだ。今日は一緒に読書をして過ごそう」

アイリスの手を取ってねだるように声をかけた。

僕に触れられて、アイリスは困ったように視線を彷徨わせ、ほんのり頬を赤くしている。

その態度があまりに可愛くて、今すぐ腕の中に囲い込みたくなってしまう。

「いけません。復帰したばかりでお忙しい時期ではありませんか！　そう頻繁に休んでいては、また病になったのかとあらぬ噂を立てられますよ！」

だが、僕たちの間にするりと入ってきたエルダがまるで母親のような言葉で僕を叱り飛ばすと、アイリスの手を摑んでいた手をいとも簡単に解いてしまった。

ああ、もう少し触れていたかったのに。

二人で外出した次の日、僕はアイリスへの想いが恋であることをようやく自覚した。

生まれて初めて人を好きになった。

今、舞い上がらなくていつ舞い上がるのだろうか。

初恋の人が自分の屋敷にいるというのに、なにが悲しくて仕事に行かなければならないのか。

いろいろ勉強したいから、まだしばらくは屋敷に留まりたいとアイリスは言ってくれた。

だが、ずっと傍にいてくれるという言質はまだ取れていない。

もし出かけて帰ってきたときに彼女がいなかったらどうしよう、という僕の不安は言葉にできないほどだ。

「ジュオルノ様、読書は帰ってきてからもできますから。お帰りをお待ちしてます」

アイリスは可愛らしく微笑んでくれるが、僕を引き止めてはくれないらしい。

「嫌だ。行かない。駄目ならアイリスを連れていく」

なぜここまでごねているのか自分でもわからないが、アイリスの傍から離れたくないという思いがどんどん強くなって、子供のような発言をしてしまった。

エルダは「まあ」と眉を吊り上げ、アイリスは「ええ」と困り果てた声を上げる。

メイドの何人かがくすくすと笑い声を上げているが、構うものか。

「わがままもいい加減になさってください！」

だが僕のわがままなど、エルダの前では幼子の癇癪《かんしゃく》も同然なのだろう。強引に背中を押され、グイグイと玄関のほうへ追い立てられる。

「お、お気をつけて」

アイリスは呆然とした様子で僕に手を振っている。

ああ、愛しい彼女が離れてしまう。

「エルダ。アイリスがどこにもいかないようにちゃんと見ていてね」

「坊ちゃま……アイリス様は犬や猫ではありません。勝手に出歩くようなことをされる方ではありませんよ」

そんなこと、本当は僕だって分かっている。

しかし聖女選定の儀式はもう明日に迫っている。

アイリスは自分が選ばれるはずなどないと笑っているが、僕は不安でしょうがない。

その日が来たら、アイリスがどこかに行ってしまうんじゃないかという嫌な想像ばかりが浮かんでは消え、彼女の傍にいなければいけないという切迫感が募《つの》る。

「明日は王都に行く予定ではありませんか。ほんの半日で帰ってこれる仕事に行き渋っているようでは、明日が思いやられますね」

「……だから今日は傍にいたいんだよ」

誰にも聞き取れない小声で呟きながら、後ろ髪を引かれる思いで仕事へと向かった。

アイリスという少女は本当に不思議な子だった。

客人として貴族の屋敷に世話になるとなれば、たいていの人間は欲を出して態度を変える。

しかし彼女は家の手伝いをしたいと言い、刺繍や料理まで始めてしまった。

なぜそんなに必死なのかと最初はわからなかったが、彼女の涙と共に僕はその理由を知った。

孤児院で育ち、教会で巫女として働くしか生き方を知らない彼女は、他人に甘えることも頼ることもなく今日まできてしまった。

自分の価値を価値とも思わず、淡々と日々を生きることを選択した彼女を、傍でずっと守りたいと思ってしまう僕はひどく自分勝手だ。

彼女への想いが募るほどに、自分の狭量さを思い知らされるようで情けなくなる。

せめて「いってらっしゃい」と見送ってくれた彼女を裏切らないようにと、自分の役目をしっかりと勤めようと、気持ちを切り替える。

「隊長、明日は王都に行かれるんでしたよね？」

「ああ」

書類を持ってきた部下が明日の予定を確認してきた。

「ようやく聖女様が選ばれるんですね。これでこの長い冬も終わるわけですか」

安堵の交じった顔をする部下の気持ちはよく分かる。

女神様の加護を受ける聖女。存在しているだけで、我が国に豊穣と平和をもたらす存在。

先代の聖女様が亡くなられてずいぶんと月日が経ったことで、国内にも陰りが見えている。

この小さな街ですら例外ではない。

最近では人攫いの噂まで聞こえるようになった。

もしアイリスが僕に出会わずに、あのまま一人でふらふらと街を歩いていたらと考えると、恐怖と怒りで身が震えそうだ。

「どうかしましたか？　顔色が悪いですよ」

「……ああ、気にしないでくれ」

顔に出ていたのだろう。我ながらどうかしている。

なんだか嫌な予感が拭えぬままに仕事を終え、急ぎ帰路につく。

「おかえりなさい」

出迎えてくれたアイリスの顔は、見送ってくれたときと変わらずに優しいものだった。

最初に出会ったときは、少し痩せすぎなくらいで心配だったが、今の彼女は血色もよく、エルダたちの尽力もあってか、女性らしく柔らかな雰囲気をまとうようになった。

帰宅した僕にちゃんと家にいたことを教えようとしているのか、今日はなにをしたとか、どんなことを覚えたかを一生懸命に語る姿はとても愛おしい。

褒めるようにアイリスの頭を撫でれば、ほんのりと頬が染まるものだから、僕は自分に都合のいいような勘違いをしたくなってしまう。

エルダやベルトをはじめとした使用人たちも、世話を焼く相手が僕だけだったときよりもずっと楽しそうで、アイリスが滞在してくれることで屋敷全体の空気も華やかになった。

もしアイリスがいなくなったら、僕だけではなく皆も悲しむに違いない。

「ジュオルノ様？　なにかあったのですか？」

まるで僕の気持ちを読んだように、アイリスが心配そうに表情を曇らせる。

本当に不思議だ。彼女はいつだってこちらの気持ちを読んだかのように声をかけてくれる。

先日、悩んでいる様子の欠片もなかったメイドの一人が、アイリスと話をした途端に泣き出して、ずっと抱えていた家族の悩みを打ち明けるという出来事があった。

その場に居合わせたエルダ曰《いわ》く、アイリスはまるでそのメイドの心が読めたかのように、彼女に寄り添い慰めの言葉をかけたのだという。

僕は、彼女は巫女で教会で祈祷をしていたから、人の心に寄り添うのが上手なんだと思っていた。

だが、一緒に過ごすにつれ、そうではないもっと特別なものを持っているのではないかと思うようになった。僕の呪いを解いた力もそうだ。

白き巫女。

アイリスはきっと特別な存在に違いないと、僕の本能が告げている。

「ありがとう、アイリス。明日、王都に行くのが億劫でね」

「王都……」

うっかり口にしてしまったと思うが、もう遅い。

アイリスの緑色の瞳が不安そうに揺れ、視線が足元に落ちる。

「大丈夫。何事もなく終わるさ。君は大人しく、ここで待っているんだよ」

そっとアイリスの手を取り握りしめた。

なにも起きるはずがない。

この屋敷にいれば安全だし、聖女にだって他の巫女が選ばれるはずだ。

「大丈夫」

繰り返し、自分に言い聞かせるようにそう呟いた。


翌朝。

王都へ向かう準備をしている僕をアイリスが見送りに来てくれた。

「お気をつけて。無事のお帰りを待っていますね」

無邪気な様子で、今日は天気がいいから外で勉強するのだと張り切っている。

いろいろなことを知るのが楽しい様子の彼女は、いつかここを飛び立つ気でいるのだろう。

「あまり無理をしないようにね。ゆっくりでいいから」

成長していくアイリスを近くで見守れることは幸せだけど、あんまり急いで大人にならないで、とも思う。本当に身勝手だな、僕は。

アイリスと出会うまで、誰かほかの人間をここまで愛しいと、大切だなんて思うことはなかったのに、毎日のように彼女への気持ちが大きくなってわがままになっていく。

「絶対に外に出てはいけないよ？　最近は物騒な話も多いからね」

「私、子供じゃないですよ。心配性ですね」

困ったように笑うアイリスは、まるで子供に言い聞かせる母親のような口調で「大丈夫」と告げてくる。

なんだか、だんだんエルダに似てきた気がする。

「皆も。留守を頼むよ」

アイリスだけではない。この屋敷は僕にとってとても大切な帰る場所。

聖女選定の儀式が無事に終わり、今代の聖女が決まれば国勢も安定するだろう。

気がかりなことも多いが、今日の儀式が終わり、聖女が決まってしまえばアイリスだってもっと気持ちが楽になるはずだ。

彼女が教会を逃げ出した経緯を考えれば、廃棄巫女と呼ばれることなどあってはならないことだ。

神官長のやろうとしていたことを公にし、アイリスは聖女候補として巫女を立派に勤め上げた存在として、大手を振って自由に生きれるようにしてあげたい。

「アイリス、君を必ず幸せにしてあげる」

僕の持てるすべての力をもって、絶対にアイリスを幸せにする。

そのためにも、今日はどんなに気持ちが重くても王都に行き、教会で儀式を見届けなくては。

不安な気持ちを押し込め、馬車に乗り込む。

車窓から、僕に手を振り続けてくれるアイリスの姿が見えた。

手を振り返しながら、無事に帰ったら、きちんとこの想いを告げて、ずっと傍にいてほしいという想いを伝えると僕は心に決めたのだった。

あとがき

はじめましてこんにちわ。作者のマチバリと申します。

この度は、この『廃棄巫女の私が聖女⁉　でも騎士様に溺愛されているので、教会には戻れません！』の上巻を手に取っていただき、ありがとうございます。


この作品は、「小説家になろう」で連載をさせていただいた物語になります。たくさんの読者様に支えられ、この度、商業作品として書籍化することができました。

書こうと思ったきっかけは、当時「聖女もの」と呼ばれる作品が流行していたからという、とても単純な理由でした。かつ「溺愛」というこれまた人気のキーワードを入れよう！と思い立ち、この「廃棄巫女」が誕生したのです。

ヒロインであるアイリスは「生きている事さえできれば幸せなんだ」という価値観を持って育ったせいで、どこか世間に冷めていて、情緒に疎い子でした。偶然ですがアイリス（花菖蒲）の花言葉は「忍耐」と「吉報」。本当にしっくりな名づけになったな、と驚きました。

吉報を手に入れたジュオルノの溢れんばかりの愛と執着（笑）により、彼女の心が育っていく様子は書いていていてとても楽しかったです。

この作品中に出てくる女神様に明確なモデルはいませんが、本来、神様というのは人間とは別の理で生きている存在なので人間に優しいわけではないよな？　という考えが根底にあったことから、けっこう過激な存在として登場させました。なぜそこまで聖女を大切にするのか。女神様はどこまで容赦がないのか、というお話については、下巻で明かされますので、是非とも読んでみてください（笑）

美しいイラストを描いてくださった春が野かおる先生、本当にありがとうございました！　可愛いすぎるアイリスと美形がすぎるジュオルノが凄すぎて眼福の極み。幸せです。

この作品を書籍化したいと声をかけてくださった担当編集さまにも本当に感謝しております。優しい言葉で未熟な私を支えてくださり、ありがとうございました。

この作品を手に取り、読んでくださった読者の皆様に、心からの感謝を。

下巻でぜひまたお会いしましょう！

マチバリ

この本を読んでのご意見・ご感想・ファンレターをお待ちしております。
〈宛先〉　〒104-8357　東京都中央区京橋 3-5-7
（株）主婦と生活社　PASH！編集部
「マチバリ先生」係
※本書は「小説家になろう」（https://syosetu.com）に掲載されていたものを、改稿のうえ書籍化したものです。

PASH!ブックス

廃棄巫女の私が聖女!? でも騎士様に溺愛されているので、教会には戻れません！（上）

2021年6月14日　1刷発行

著　者　マチバリ
編集人　春名 衛
発行人　倉次辰男
発行所　株式会社主婦と生活社
〒104-8357　東京都中央区京橋 3-5-7
03-3563-5315（編集）
03-3563-5121（販売）
03-3563-5125（生産）
ホームページ　https://www.shufu.co.jp
製版所　株式会社二葉企画
印刷所　大日本印刷株式会社
製本所　小泉製本株式会社
イラスト　春が野かおる
デザイン　井上南子
編集　黒田可菜